Eduardo Esmi

Die Präsidentenhure

Autor: Eduardo Esmi

Coverfoto: Friedhelm Schmidt

ISBN: 9783738606379

Herstellung und Verlag: BoD – Books on Demand, Norderstedt.

Zum Buch:

Die Regierung des afrikanischen Staates Gabun gibt sich als gefestigt und souverän aus. Aber hinter den Kulissen bestimmen Neid, Missgunst und Habgier das Geschehen. Nicht ganz unschuldig ist eine Deutsche, die zwischen den Mächtigsten des Landes Zwietracht streut. Sie setzt alle ihre Waffen ein. Wie die Macht der List, die Macht der Intrige und nicht zuletzt die Macht ihres Körpers. Dem sind die Herrschenden gnadenlos verfallen. Was als große Liebe begann, endet in Folter, Mord und Vertreibung.
In den Hütten spricht man von der Weißen nur als: „ Die Präsidentenhure„
Als sich die Situation zu ihren Ungunsten wendet, verlangt sie von der Deutschen Botschaft Schutz und Hilfe. Wieder muss Agent Robert Hartmann versuchen, Leben zu retten.

Nach „ Der Arabische Traum„ und „Operation L.I.S.A.„ jetzt der dritte Teil der AFRIKA-TRILOGIE.

***

Autor:

Eduardo Esmi, geb. 1945 in Dänemark.

Nationalität: Deutsch

Lebte lange Zeit in West-Berlin.

Mehrere Berufe wie freier Handelsvertreter, Fotograf, Fotoreporter.

Ab 1981 in Spanien und Deutschland als Autor und Fotograf, für etliche Verlage tätig.

Verheiratet mit einer Malerin, lebt mit Ihr seit 1983 ständig in Spanien.

***

Inhalt:

Prolog

Der Staat Gabun

Affäre

Karin

Präsident

Trennung

Politik

Verrat

Putsch

Einsatz

Bonn

Atlantischer Ozean

Epilog

***

Hauptpersonen

Bonn, Deutschland

Prof. Thomas Weil, Operationsleiter Außendienst und Analyst in der „Villa,, in Bonn.

Robert Hartmann, Außenagent und Teamführer der Gruppe 27.

Volker Nuri, „DOC,, Außenagent.

Jane Wieller, Rechtsanwältin in der Villa.

*

Gabun, Afrika

Regierung:

Präsident Georges Muossono, misstrauisch und geizig. Aus dem Stamm der Fang.

Leon Numbong, Berater und graue Eminenz. Mpongwe-Stamm.

Nina Bongo, Sekretärin des Beraters Numbong.

Cedric Boussovghou, Geheimdienstchef. Auch vom Fangstamm.

Militär des Staates Gabun

Armeegeneral: Mbala Lualua, vom Stamm der Mpongwe.

General: Partrice Nouzaret, Gegenspieler des Armeegenerals Lualua, Fang-Angehöriger.

Capitaine: Etepe Mulongoti, Verbindungsoffizier der Armee Gabuns.

Lieutenant-Colonel: Valere Edou, persönlicher Adjutant des Armeegenerals Lualua.

*

Deutsche Botschaft in Libreville, Hauptstadt von Gabun.

Karl-Heinz Streuer, Botschafter.

Helmut Borghammer, Handelsattaché.

Karin Borghammer, Ehefrau des Handelsattachés und Lehrerin

*

Weitere Personen

Jahia, Geliebte vom Handelsattaché Helmut Borghammer und Haushaltshilfe im Hause Borghammer.

Comtessa Francoise de Auvergue-Lauritus, aus einem alten Adelsgeschlecht Frankreichs, Tochter eines Industriellen. Verlobte von Berater Leon Numbong.

***

Prolog

»Die Party lief mit viel Alkohol und afrikanischer Musik bis gegen 2 Uhr. Dann fand ein Sklavenmarkt statt. Der Präsident bot einige junge Frauen und einen jungen Mann zum Verkauf an. Alle waren nackt. Woher die kamen konnte ich mir denken, da Kabisa die Frauen auf eine kleine Holzbühne schaffte, um sie dort mit den Armen nach oben festzubinden. Grauenhaft. Dann sprach Leon zu den Gästen. „Meine Damen und Herren. Wissen Sie was Leben in Afrika wert ist? Ich will es ihnen sagen; Nichts. Es gibt zu viel davon.
Wissen Sie was Lust in Afrika wert ist? Reine Lust, die Lust die Sie jetzt hier sehen und kaufen können, ja meine lieben Freunde, die ist teuer. Für die Damen haben wir hier einen jungen Hengst. Für die Herren, na Sie sehen selbst. Treten Sie vor und prüfen Sie die Ware gründlich. Denn heute Nacht können sich all Ihre Träume erfüllen, greifen sie zu. Nur noch kurz für die Herrschaften, die diese Art der Lust noch

nicht kennen. Sie erwerben Eigentum, mit dem Sie verfahren können, wie es Ihre Lust erlaubt. Bleibt Ware übrig geht diese geschlossen zu den Krokodilen". Ein Aufschrei, ob von den Gästen oder von den Sklaven konnte ich von meiner Position nicht ausmachen. Die Gäste stürmten auf die Bühne. Befühlten und prüften die Menschen wie Vieh.

Die Versteigerung begann.

Den jungen Mann, schlank und groß mit ungewöhnlich starkem Glied, ersteigerte sich eine ältere Amerikanerin. Als Hausboy. Allein ihre gierigen Blicke verrieten welche Tätigkeiten auf ihn warteten.

Dann ein schlankes Mädchen aus dem Sudan. Sehr hübsch, groß gewachsen mit Seidenhaut. Ihr Namen Jahia. Helmut ersteigerte sie für 5000 Dollar. Konnte aber nicht gleich zahlen, Leon verbürgte sich für ihn. Sie wurde ihm mit Beifall übergeben. Als er mit ihr auf dem Weg zum Haus war steckte ich ihm den Zettel zu. Flüsterte noch „Bitte verraten Sie mich nicht." Er nickt mir nur zu und verschwand mit seiner „Ware" im Haus. Erleichtert begab ich mich wieder an den Rand der Terrasse. Die Versteigerung war schon beendet und die neuen Besitzer der Sklaven verschwanden mit ihnen alle im Haus. Die Terrasse leerte sich, der Präsident war verschwunden. Kabisa hatte noch zu tun. Da sah ich, dass Helmut meinen Zettel Leon zeigte. Ihre Blicke suchten mich, gerade noch konnte ich hinter einem Baum verschwinden.<<

(Roman: Aktion L.I.S.A.)

*

Ein Mann verlässt die Deutsche Botschaftskanzlei an dem Boulevard de l'Independance in Libreville Gabun, es ist 14:30. Der Boulevard de l'Independance ist eine der Hauptstraßen in Libreville, stark befahren mit vielen Fußgängern innerhalb der Stadt. Sie verläuft vom Süden der Stadt bis hoch zum Norden. In der Stadtmitte als Küstenstraße, am Hafen entlang. Am Stadtrand höhe Flughafen mündet die Straße in die Fernstraße N 101ein, die parallel weiter zur Küste verläuft.

Zu dieser Zeit sieht man kaum Menschen, das Klima hat sie in den Schatten oder in die klimatisierten Wohnungen getrieben.
Er geht in der Nachmittagshitze weiter auf dem Boulevard bis zum Hotel „Le Cristal", das an der Ecke Rue Lafond liegt. Betritt das moderne Hotel und lässt sich erschöpft in der Lobby in einen Sessel fallen. Der Saal ist kühl gehalten, nur die Holzverkleidungen und die Ledersessel geben dem Raum eine Note der Eleganz. Nach einer halben Stunde tritt ein großer gut gebauter Farbiger an seinen Tisch. Beide Männer tragen Anzügen und Krawatten. Die Männer begrüßen sich herzlich. >>Schön, dass Du mir endlich mein Geld bringst, ich hatte gehofft, das Du mich nicht vergessen hast. Wie läuft es mit Jahia, macht sie Dir die Nächte heiß?<< Verlegen blickt der Weiße auf. >>Das ist ja mein Problem. Sie ist schwanger, wenn das meine Frau mitbekommt ist zu Hause die Hölle los. Ich hatte gedacht, dass ich sie zurückgeben kann. Ist das möglich?<< Laut lachend beugt sich der Schwarze vor. Mit einem Mal ist alle Freundlichkeit aus seinem Gesicht gewichen. Die Augen blicken den weißen Mann hart an.

\>> Du hast schon bessere Witze gemacht, mein Freund. Wo ist mein Geld? Wenn unser Präsident, Eurer Kanzlerin mitteilt, dass Du dem Staat Gabun für den Kauf einer Sklavin 5000 Dollar schuldest, ich weiß nicht wie dann Deine Hölle aussieht.<< Er schaut ihn lauernd an. \>>Vielleicht reagiert sie ja milde, da Du ja Vater wirst. Aber Sklavenhandel, nur zur persönlichen Befriedigung sexueller Bedürfnisse, da findest Du bei keiner Frau Verständnis. Ich bin gespannt wie Du das geregelt bekommst.<< Bittend sagt der Angesprochene; >> Gibt es den keine andere Möglichkeit, diese Sache unter Freunden zu regeln?<< Möglichkeiten? Sicher. Nur Freundschaft, die lassen wir mal beiseite. Wie sagt Ihr in Deutschland „ Bei Geld hört die Freundschaft auf" und so wollen wir das hier auch halten. Ich mache Dir drei Vorschläge. Du unterschreibst, dass Du uns für den Kauf von Jahia 10.000 Dollar schuldest. Weiter, Du besorgst mir einen Deutschen Diplomaten-Pass. Die andere Möglichkeit ist die, Du arbeitest ab heute für unseren Geheimdienst. Offiziell für die Geheimoperationen des SDECE. Überlege Dir diesen Schritt gut. Ich gehe kurz mal nach hinten.

Dann höre ich Deine Entscheidung.<< Als der farbige Mann zurück am Tisch ist, nickt ihm der Weiße zu. >>Gut, ich arbeite verdeckt für Euch. Ihr schützt mich aber, damit kann ich doch rechnen?<< Der Schwarze richtet seine Krawatte, glättet seinen Anzug und setzt sich wieder. Der Kellner bringt erneut kühles Bier. >> Natürlich schützen wir unsere Agenten, was glaubst Du denn.<< Legt ihm ein Schriftstück vor und sagt; >>Bitte unterschreibe das.<< Ungläubig überfliegt er das Papier. >>Das kann ich nicht lesen. Ist das in Bantu oder Fang. Das unterschreibe ich nicht.<< Langsam erhebt sich der Schwarze, nimmt das Schriftstück wieder an sich und sagt; >>Ich wünsche Dir und Deiner Familie gute Heimkehr nach Deutschland. Ich hoffe für Dich nicht in Ketten.<< Eilig reißt der Angesprochene das Blatt Papier an sich und unterschreibt es. >>Was habe ich da gerade unterschrieben?<< Grinsend erwidert der Berater; >>Deine Unterschrift bestätigt nur das was wir gerade besprochen haben. Dass Du für uns arbeitest und schon 10.000 Dollar Vergütung für Deine Dienste erhalten hast. Dass für weitere Dienste Gegenleistungen in Form von jungen

Frauen oder Bargeld verrechnet werden. So, mehr nicht. Willkommen im Klub.<<
Reicht ihm die Hand über den Tisch. Ach ja Jahia, das Problem steht ja auch noch an. Da gibt es wieder einige Lösungen. Du entscheidest.
Die Erste: Ab zu den Krokodilen.
Die Zweite: Wir machen ihr das Kind weg und sie bleibt bei Euch im Haushalt.
Die Dritte: Wir richten sie wieder her, mieten ein Apartment für sie und Du übernimmst die Kosten. Hast dann weiter viel Freude mit ihr.
Die Vierte: Sie trägt das Kind aus und wir verkaufen beide. Ich höre.<<
Sich windend entgegnet der Deutsche; >> Ich plädiere für die zweite Variante. Aber bitte unauffällig.<<
Der Schwarze steht auf und sagt im gehen; >>Wir holen Deine Sklavin morgen ab, danach kannst Du auf alle Verhütungen verzichten. Das ist ein Geschenk eines Freundes, mein lieber Freund. Die Rechnung zahlst Du, hast ja jetzt einen Job mehr.<< Lachend entfernt sich der Farbige.

***

Der Staat Gabun:

Gabun liegt an der westlichen Atlantikküste Zentralafrikas, von wo aus es sich in östliche Richtung bis kurz vor das Kongobecken erstreckt. Die Küstenlänge beträgt 885 km. Das westliche Küstentiefland steigt nach etwa 200 Kilometern stufenförmig bis zur Niederguineaschwelle im Osten an.

Größter Fluss des Landes ist der Ogooué, der sich mit seinen zahlreichen Nebenflüssen tief in das Gelände des Hochlands eingeschnitten hat. Der höchste Berg Gabuns ist bisher nicht festgelegt. Es existieren verschiedene (fehlerhafte) Angaben, die bis zu 500 Höhenmeter voneinander abweichen. Die höchsten Erhebungen im Nordosten und Süden reichen bis knapp über 1.000 m ü.d.M.

In einigen Regionen Gabuns findet sich sehr altes Gestein, das bis auf das Proterozoikum (rund 2 Milliarden Jahre vor heute) datiert werden kann. In den entsprechenden Formationen wurden unter anderem Gabonionta, frühe Formen mehrzelligen Lebens, und insgesamt 17 natürliche Kernreaktoren gefunden, deren bekanntester der Naturreaktor Oklo ist.

Bevölkerung

Gabun gehört zu den am dünnsten besiedelten Ländern Afrikas. Es hat etwa 75 % der Fläche Deutschlands, aber nur etwa so viele Einwohner wie München. Etwa die Hälfte der Bevölkerung lebt in und um die drei größten Städte: Libreville mit 578.000, Port-Gentil mit 164.000 und Franceville mit 75.000 Einwohnern. Die Landesmitte und der Norden sind weitgehend menschenleer. Der jährliche Bevölkerungszuwachs mit 1,8 % ist für afrikanische Verhältnisse vergleichsweise niedrig.

Die zusammengefasste Fruchtbarkeitsziffer liegt bei 3,2 und somit weit unter dem afrikanischen Durchschnitt. Frauen haben eine Lebenserwartung von 58 Jahren und Männer eine von 56 Jahren. 36 % der Bevölkerung sind unter 15 Jahre alt und 5 % über 65 Jahre. 84 % der Bevölkerung lebt in den Städten.

Volksgruppen

Auf dem Staatsgebiet von Gabun leben etwa 40 verschiedene Völker bzw. ethnische Gruppen; die Mehrheit der Bevölkerung sind Angehörige von Bantu-Völkern. Davon sind die mit Abstand größte und politisch einflussreichste Volksgruppe die Mpongwe-Fang, welche etwa ein Drittel der Gabuner stellen - Mpongwe 31 %, Fang 7 %. Kleinere Gruppen sind die Mbete (15,5 %), die Bapunu (15 %, mit der Sprache Punu), die Tsabatis (14 %), die Batazis (9,5 %) und die Bateke (4 %). Außerdem gibt es 1,5 % Pygmäen – die im Nordosten und Süden lebenden Ureinwohner – sowie ungefähr 60.000 Franzosen, diese zumeist in den Städten, in

Gabun. Ausländer – viele davon Angestellte eines multinationalen Erdölkonzerns – spielen eine große Rolle im Bildungswesen und in der Wirtschaft.

Sprachen

Die Bewohner Gabuns sprechen hauptsächlich unterschiedliche Bantusprachen. Die Amtssprache Französisch wird inzwischen von rund einem Drittel der Gesamtbevölkerung beherrscht. Die wichtigste Bantusprache ist das Fang,

Religionen

Etwa 65 % der Einwohner bezeichnen sich als Christen (ca. 60 % als Katholiken und ca. 5 % als Anhänger verschiedener protestantischer Kirchen). Viele von ihnen pflegen jedoch auch weiterhin bestimmte Formen afrikanischer Religiosität. Die übrige Bevölkerung hängt zumeist den traditionellen Volksreligionen, vor allem dem Bwiti, an. Eine Minderheit mit ca. 5 % bekennt sich zum Islam.

Bildungswesen

Es besteht offiziell eine zehnjährige allgemeine Schulpflicht. Etwa die Hälfte der Schulen des Landes Gabun sind in konfessioneller oder privater Trägerschaft.

Die Analphabetenquote beträgt allerdings weiterhin etwa 29 %.

Gesundheitswesen

Die AIDS-Rate wird je nach Quelle auf zwischen 8,0 % und 5,9 % geschätzt Die medizinische Versorgung ist oft unzureichend.

Lambaréné in Gabun beherbergt das von Albert Schweitzer begründete und bis zu seinem Tod 1965 von ihm geleitete Urwaldkrankenhaus.

Geschichte

Während des 15. Jahrhunderts wurde auf dem Gebiet des heutigen Gabun der Bantu-Staat Loango gegründet.

Europäischer Einfluss

Der Begriff Gabun stammt von den portugiesischen Seefahrern, die Mitte des 15. Jahrhunderts begannen, einen Seeweg nach Indien zu suchen und dabei Jahr für Jahr an der afrikanischen Westküste weiter nach Süden vordrangen. Im Bereich des heutigen Gabun trafen sie auf dichten Seenebel, der sich wie ein Mantel (portugiesisch „gabão") um alles legt.

Nach der Besiedlung des Gebietes erlangten die französischen Siedler 1839 eine erste Hoheit über das Gebiet. 1854 wurde Gabun mit Gorée und anderen französischen Siedlungen vereinigt, Gorée 1858 in den Senegal wiedereingegliedert. 1888 wurde Gabun Teil von Französisch-Kongo und 1910 als selbständiger Teil von Französisch-Äquatorialafrika wieder ausgegliedert. Als sich Französisch-Äquatorialafrika 1958 auflöste, erlangte Gabun als Gabunische Republik die Autonomie.

Am 17. August 1960 erlangte Gabun die Unabhängigkeit von Frankreich unter Präsident Léon M'ba, dem 1967 nach dessen Tod Omar Bongo nachfolgte. Die Gründung der *Parti Démocratique Gabonais (PDG)* erfolgte am 12. März 1968. Mit dieser Einheitspartei regierte er das Land lange Zeit mit harter Hand. Gabun führte in den 1990er Jahren ein Mehrparteiensystem ein und verabschiedete eine neue Verfassung, welche eine Reform der Regierungsorganisationen und transparentere Wahlen ermöglichte. Die relativ kleine Bevölkerung, die enormen Rohstoffvorkommen und die beträchtliche Hilfe des Auslands machten Gabun im Laufe der Zeit zu einem der wenigen florierenden Staaten Afrikas.

Staatspräsident Omar Bongo war der am längsten herrschende Staatschef in Afrika; er starb am 8. Juni 2009 in Barcelona an Herzstillstand.

Menschenrechte

Die Gefängnisse sind überfüllt und die Haftbedingungen sehr hart. Lebensmittel, hygienische Bedingungen und Belüftung sind mangelhaft. Medizinische Versorgung ist so gut wie nicht vorhanden.

In Gabun arbeiten viele Kinder, die von Menschenhändlern aus ihrer Heimat verschleppt wurden, v.a. Mädchen von 8 bis 15 Jahren aus Togo, Benin und Nigeria.

Homosexualität ist nach wie vor ein großes Tabu in der Gesellschaft und wird nach gabunischem Recht als Verstoß gegen die guten Sitten unter Strafe gestellt. Homosexuelle Paare, die sich öffentlich entsprechend benehmen, begeben sich nicht nur wegen der strafrechtlichen Bedrohung in Gefahr, sondern gefährden auch ihre eigene Sicherheit durch aggressives Verhalten von Passanten, die zufällig Zeuge eines aus ihrer Sicht unangebrachten

Benehmens sind, so das Auswärtige Amt der Bundesrepublik Deutschland.

Außenpolitik

2010/11 war das Land über einen nichtständigen Sitz im Sicherheitsrat der Vereinten Nationen in New York und Genf und bei der UNESCO in Paris vertreten. Weiterhin wurden in der nichtafrikanischen Welt Botschaften in Frankreich, Großbritannien, Italien, USA, Russland, Belgien (Brüssel), Brasilien, Kanada, Saudi-Arabien, China, Libanon, Südkorea und Japan eingerichtet.

Deutschland wiederum hat in der Hauptstadt Libreville eine Botschaft eingerichtet.

Die größten Städte sind (Stand 1. Januar 2005): Libreville 578.156 Einwohner, Port-Gentil 109.163 Einwohner, Franceville 42.967 Einwohner, Oyem 30.870 Einwohner und Moanda 30.151 Einwohner.

Verkehr

Die einzige Eisenbahnstrecke des Landes verbindet die Hauptstadt Libreville mit der Stadt Franceville im Landesinneren.

Daneben ist das Land von einem Fernstraßennetz durchzogen, dessen Straßen drei Kategorien zugeordnet werden.

Wirtschaft

Reiche Naturschätze sowie eine liberale Wirtschaftspolitik begünstigten die wirtschaftliche Entwicklung Gabuns. Das Bruttosozialprodukt betrug 2007 7887 Euro je Einwohner. Gabun ist somit eines der reichsten Länder Subsahara-Afrikas. Dennoch lebt etwa 80 % der Bevölkerung unterhalb der Armutsgrenze. Etwa ein Drittel der Bevölkerung lebt in extremer Armut und im Human Development Index rangiert das Land auf Platz 119 von 177 Ländern. Über 90 % des Bruttoinlandsprodukts wird von nur 10 % der Bevölkerung verbraucht.

Die wichtigsten Handelspartner sind die Vereinigten Staaten und Frankreich. Es sind nach Angaben des neuen Präsidenten konkrete Projekte zum Ausbau des öffentlichen Verkehrswesens, des überregionalen Straßennetzes und zur nachhaltigen Landwirtschaft vorhanden und teilweise bereits in Ausführung.

Bodenschätze

Gabun ist einer der rohstoffreichsten Staaten Afrikas, mit erheblichen Erdölreserven vor der Küste. Dementsprechend zählen zu seinen Hauptexportgütern Rohöl und Erdölprodukte, auf die ca. 82 % seiner Exporteinnahmen entfallen. Im Landesinneren werden Mangan, Uran, Eisenerze und Gold gefördert. Mangan ist nach Erdöl und Holz das drittwichtigste Exportgut.

Die ehemals großen Uranvorräte bei Franceville sind weitestgehend erschöpft. Es ist das erklärte Ziel des neuen Präsidenten, die vorhandenen

Einnahmen aus Rohstoffverkäufen verstärkt für die Verbesserung der nationalen Infrastruktur zu verwenden.

Landwirtschaft

Weiterhin gehört Gabun zu den größten Tropenholz-Exportländern Afrikas – der ausgedehnte Waldbestand erlaubt die extensive Nutzung zahlreicher Hölzer. Ca. zwei Drittel der Landesfläche sind noch von tropischem Regenwald bedeckt; für das Edelholz Okoumé hat Gabun das internationale Weltmonopol. Die nationale Gesetzgebung verlangt allerdings eine nachhaltige Bewirtschaftung des Waldes, und der Export unbehandelter Hölzer unterliegt Restriktionen. 11 Prozent des Staatsgebietes sind bereits als Reservate ausgewiesen und werden mit Unterstützung Frankreichs, der EU und neuerdings auch der USA betreut. Für den Export werden Kaffee, Kakao, Kautschuk (zur Gummi-Herstellung), Palmöl und Zucker angebaut. Es werden etwa 25 000 Tonnen Zucker produziert, von denen der größte Teil im

Land selbst bleibt. Der Anbau von Grundnahrungsmitteln dient vor allem dem Eigenbedarf, kann diesen jedoch nicht vollständig decken.

Industrie, Energie

Gabuns Industrie besteht zum größten Teil aus Holz- und Papierindustrie sowie Textil- und Nahrungsmittelindustrie. Drei agrarindustrielle Betriebe wurden bereits privatisiert. Einen Teil der Energie bezieht das Land durch die Wasserkraft, hauptsächlich im Süden des Landes. 1997 wurde der gabunische Wasser- und Stromversorger SEEG in private Hand übergeben.

Medien

In Gabun befindet sich der Standort des ältesten panafrikanischen Rundfunksenders - Radio Africa No. 1. Der Sender ist auch für die Infrastruktur des Landes von großer Bedeutung, er ermöglicht den Schulbetrieb, unterstützt die

Verwaltung der durch Regenwälder und schlechte Straßenverbindungen oft über Monate unzugänglichen Gebiete.

(nach Wikipedia)

***

Affäre

Die Beluga liegt festvertaut am Kai im Hafen von Libreville. Das 30 meterlange Boot ist eine alte Luxusjacht. Nach vielen Eignern liegt sie jetzt hier in Hafen und dient als Partyboot. Der Gastgeber der heutigen Party ist der Präsidentenberater Leon Numbong.

Leon Numbong: 61 Jahre, 196 cm groß, tief schwarze Haut, sportliche Figur, elegante Erscheinung. Verwitwet, keine Kinder, aus dem Volksgruppe der Mpongwe-Fang einem Bantu-Stamm. Berater des Präsidenten Georges Moussono, die graue Eminenz im Staat. Es gibt kaum Informationen über ihn. Soll einen Hang zu weißen Frauen haben. Affären mit Botschaftspersonal der einzelnen Vertretungen sind aber nicht nachweisbar.

Es ist zwanzig Minuten vor zehn Uhr. Die Sonne ist längst untergegangen, der Sternenhimmel liegt über dem Boot. Noch ist der Mond hinter den Bäumen des Urwalds. Seine Gäste sind vorwiegend Botschaftsangestellte aus allen Vertretungen und Prominente aus dem eignen Land. Für Deutschland ist Handelsattaché Borghammer mit Gattin Karin vertreten. Die Party verläuft wie alle Partys, man spricht zusammen, isst ein wenig, tanzt und gibt sich dem neusten Klatsch hin.

Am Buffet steht Karin Borghammer, sie ist sich nicht schlüssig was sie nehmen soll. Ihr ist heiß. Die schwülwarme Luft die vom Hafen her kommt, versucht sie durch fächeln mit einer Servierte zu vertreiben. >>Kann ich Ihnen mit Rat und Tat zur Seite stehen, schöne Frau?<< Erstaunt dreht sich Frau Borghammer um. >>Ach Sie, Herr Numbong. Danke, ich finde sicher etwas bei der großen Auswahl.<< >>Wo ist den Ihr Mann, der Herr Handelsattaché?<< Lächelt sie an. >>Na, wie immer Geschäfte machen, Kontakte knüpfen, glaube ich.<< >>Dabei hatte ich ausdrücklich verboten über Geschäfte zu reden. Sich amüsieren und Spass haben, lautete der Befehl für den Abend. Amüsieren Sie sich Frau Borghammer?<< Sie schaut ihn offen an. >>Bitte nennen Sie mich Karin, Herr Numbong. Eigentlich vermisse ich etwas Spass und mit dem amüsieren, das hält sich auch in Grenzen.<< Lachend antwortet der Berater; >>Bitte, mein Name ist Leon, Karin, das ist jetzt unser Geheimnis und das mit dem Spass bekommen wir beide auch noch geregelt, nicht war?<< Lachend nickt sie ihm zu. >>Leon, ist das Dein Boot? So ein schönes Schiff habe ich selten gesehen. Es ist ja nicht neu, aber man spürt es hat Seele. Einfach schön.<< Erfreut nimmt Leon sie am Arm. >>Danke Karin, genau so empfinde ich auch. Deshalb liebe ich dieses Schiff. Leider gehört es dem Staat Gabun. Aber ich fühle mich wie der Eigner und kümmere mich um es. Aber verrate es niemanden, versprochen? Soll ich dir das Boot zeigen?<< Hocherfreut willigt Karin ein. Die beiden fangen mit der Besichtigungstour auf der Brücke an. Die Brücke ist verlassen und liegt im Dunkeln, nur die Lichter vom Hafen geben etwas Licht. Alles spiegelt und glänzt in Messing. Karin lehnt sich nach vorn, um auf das Vorschiff zu blicken. >> Bitte nichts berühren, außer den Eigner.<< Leon zieht sie vom Kommandostand weg, dreht sie um und küsst sie heftig. >>Leon, was machst Du?<< Stammelt sie nach Atem ringend. >> Na was wohl, ich sorge für Spass, den Du verdient hast Karin. So eine schöne Frau, da muss ich als Gastgeber eingreifen. Ich nehme meine Gastgeberpflichten ernst wie Du siehst.<<

Karin Borghammer, dreiunddreißig Jahre, 171 cm groß, schlank, mit sexy Figur. Blond, weiße Haut. Beruf: Grundschullehrerin. Gekleidet mit einem leichten kurzen Sommerkleid mit weitem Ausschnitt. Sie ist für eine Blondine nur leicht geschminkt. Außer Ihren Finger- und Fußnägeln, die strahlen im grellen Rot.

>>Wenn uns mein Mann sieht, der ist krankhaft eifersüchtig.<< Lachend zieht Leon sie in den Kabinengang nach unten. >>Wie denn, der spricht doch über Arbeit, da oben. Hier darf er gar nicht runter.<< Schiebt sie bis vor eine Kajütentür. Öffnet die Tür und ein Schlafgemach liegt vor ihnen. Ein riesiges Bett füllt den Raum, die Wände mit hochwertigen Edelhölzern verkleidet, die Bullaugen glänzen in poliertem Messing. Auch die wenigen Möbel sind alle messingbeschlagen. Selbst die Schiffslampen

sehen aus wie neu, so glänzen sie. Auf dem Boden ein Teppich in dem die Füße versinken, so dick. Hinten sieht man eine Lamellentür die zum Bad führt.
Leon schiebt sie langsam in den Raum. Beißt ihr zärtlich von hinten in den Hals. Bemerkt, dass ein Schauer sie durchläuft. Schiebt seine Hand durch ihren Ausschnitt zu den Brüsten, die sich sofort verhärten, was ihn sehr erregt. Sie lehnt sich entspannt gegen seine Brust, dreht ihm ihr Gesicht zu. Still verbleiben sie in dieser Stellung. Seine Hände liebkosen ihre Brüste, während er sie küsst. Erst jetzt schließt er hinter sich die Tür. Sie setzt sich schweigend auf das Bett, nicht wissend wie sie sich verhalten soll. Er steht vor ihr, seine Hose fällt. >>Mein Gott, bis Du stark gebaut.<< Sie umschließt ihn mit ihren Lippen. Aufstöhnend gibt er sich ihr hin.

Nach zwanzig Minuten richtet er seine Hose neu. Zeigt ihr schweigsam das Bad. Im hinausgehen sagt er; >>Karin, wenn Du meine Hure sein willst, komme ins Hotel „Le Mevidien", jederzeit. Ich erwarte Dich dort. Du findest den

Weg nach oben?<< Geht und schließt die Tür hinter sich.

*

Auf dem Hauptdeck spricht ihn Herr Borghammer an. >>Herr Numbong, entschuldigen Sie, haben Sie meine Frau gesehen?<< Lachend blickt Leon den Fragenden an. >>Leider nein, ist sie Ihnen verloren gegangen? Aber suchen Sie im Bereich der Toiletten, ein Bediensteter hat sie nach unten gebracht, ihr war wohl nicht gut.<< Lässt ihn dann einfach stehen und wendet sich anderen Gästen zu.

Als die Gäste aufbrechen, steht Präsidentenberater Numbong am Anlegesteg und verabschiedet seine Gäste. Findet für jeden Gast noch nette Worte. Als sich der Handelsattaché Borghammer verabschieden will, drücken sich die Männer die Hände. >>Ich hoffe Sie konnten neue Erkenntnisse gewinnen und Kontakte schließen, mein Lieber Herr Borghammer, ich wünsche Ihnen noch eine gute Nacht. Sie gestatten?<< Wendet sich dann seiner Frau zu,

nimmt sie in den Arm und küsst sie links und rechts auf die Wangen. >>Ich hoffe, Sie liebe Frau Borghammer haben sich heute Abend auch ein wenig amüsiert. Geht es Ihnen jetzt besser? Auch Ihnen ein gute Nacht.<<
Als Leon sie auf die Wange küsste, raunte sie ihm zu; >>Mittwoch, 11 Uhr.<< Als die beiden die Gangway runter gehen, steigen Blitze in den Nachthimmel und ohrenbetäubende Explosionen ertönen aus Richtung Boulevard de Independence. Wie versteinert blicken alle zur Stadt rüber. Dann setzt das Kreischen der Alarmanlagen ein. Als die beiden auf dem Weg zum Auto sind murmelt Herr Borghammer; >>Hoffentlich sind das nicht die Idioten von uns.<< Vor der Einfahrt zum Boulevard de Independence müssen sie warten, da das Chaos die Innenstadt lahm gelegt hat. >>Karin, ich habe Dich gesucht, wo warst Du. Herr Numbong meinte, Dir ging es nicht gut. Was war los? Was hast Du solange unter Deck gemacht?<< Befremdend schaut sie ihn an. >>Was glaubst Du wohl was ich unter Deck getrieben habe. Drei Mal darfst Du raten: Es mit anderen Männern getrieben. Mir das Schiff angesehen oder es ging

mir so schlecht, dass sich auf Toilette musste. Deine ewige Eifersucht geht mir allmählich aber richtig auf die Nerven. Du machst so lange bis ich es leid bin und wirklich mit anderen Männern ausgehe. << Beleidigt dreht sie sich zur Seite und blickt aus dem Fenster.

*

Hotel Le Mevidien, elf Uhr.

Karin Borghammer betritt das Hotel. Bekleidet ist sie mit einer leichten blauen Leinenhose und einer weißen Bluse. Das Foyer ist modern eingerichtet und angenehm kühl. Enttäuscht kann sie ihn nicht entdecken. Setzt sich in einen der vielen Sessel. Von der Rezeption, kommt ein Bediensteter auf sie zu. >>Entschuldigen Sie Madam, sind sie Madam Borghammer?<< Als sie ihm zunickt, spricht er weiter; >>Sie möchten bitte ins Zimmer 526 kommen, da erwartet Sie Ihr Gastgeber.<< Überrascht erhebt sie sich und geht auf den Lift zu. Im Lift überprüft sie ihr Äußeres, zufrieden steigt sie im fünften Stock aus und blickt suchend den Gang lang. Das Zimmer 526 ist nicht weit vom Lift entfernt. Vor dem Zimmer stellt sie fest, dass die Tür nur angelehnt ist. Betritt den kleinen Flur und steht dann in einem großen Raum von dem wiederum zwei Türen abgehen. Der Raum ist auch modern eingerichtet mit einer großen Sitzecke, einem Glastisch auf dem ein Blumengesteckt steht. Das ganze Zimmer ist mit Blumen überhäuft. Die riesigen Fenster geben einen herrlichen Blick auf Libreville, die Prachtstraße Boulevard de Independence, bis hin zum Atlantischen Ozean frei. Das gesamte Zimmer verströmt einen lieblichen Blumenduft. Ihre Blicke suchen ihn, können ihn nicht finden. Sie geht zu der offenen Tür und steht im Schlafgemach. Er liegt in dem Doppelbett und grinst sie an. Nackt ragt sein großes Glied in die Luft. >>Schön, dass Du kommen konntest.<< Erhebt sich vom Bett und geht ihr entgegen. >>Woher wusstest Du, dass ich auch wirklich komme, Leon?<< Kurz vor ihr bleibt er stehen und führt ihre Hand an sein Glied. >>Er hat mir das gesagt, außerdem wusste ich es schon als ich Dich auf der Jacht gesehen habe.<< Bevor sie etwas erwidern kann küsst er sie leidenschaftlich. Küssend entkleidet er sie, fällt dann mit ihr aufs Bett. Beide liegen jetzt nebeneinander auf dem kühlen Laken. >>Das hast Du doch nur gehofft, sei ehrlich, Leon?<< Er beugt sich über sie, küsst ihre harten Brustwarzen und grinst sie an. >>Karin, jeder Afrikaner sieht, dass Du trocken bist wie wir sagen. Dass Dein Körper nach Liebe schreit. Daher wusste ich, dass Du auch kommst. Dein Körper hat Dich hier her geführt, so einfach ist das. Ob Du das nun glaubst oder nicht.<< Verschließt ihr mit Küssen den Mund. Greift neben sich und cremt seine Hände dick ein. Seine Hände gleiten über ihren Körper. >>Was für eine Creme benutzt Du?<< Langsam ist er bei ihren Beinen angelangt. Öffnet die Schenkel, massiert die Creme in die Haut ein. Das Gefühl von Wohltat und Entspannung macht sich in ihr breit. >>Lass Dich verwöhnen und genieße die Stunden. Die Creme ist ein uraltes Zaubermittel, wie Du siehst, haben auch wir in Afrika noch unsere Geheimnisse.<< Dreht sie um, so dass sie jetzt auf dem Bauch liegt. Cremt und massiert die Rückenpartie, geht dann mit seinen starken Händen zu ihren Hüften über. Cremt ihre Gesäßmuskeln, die Innenseiten ihrer Schenkel und die beiden Leibesöffnungen ein. Sie stöhnt wohlig ins Kissen. Er tritt hinter sie aufs Bett. Hebt ihre Hüfte an. Sie streckt sich ihm erwartungsvoll entgegen. Seine Hände umfassen ihre Hüften so fest, dass sie nicht nach vorn entfliehen kann. Der Schmerz der sie durchströmt, nimmt ihr den Atem. Langsam, aber hart dringt er anal in sie ein. Bei jedem weiteren seiner Stöße verwandelt sich der Schmerz in Lust. Die Zeit bleibt stehen, nur noch Lust zählt. Minuten oder Stunden, sie schreit, windet und zappelt unter ihm. Erst, als er sich in ihr entlädt, regungslos in ihr verbleibt, kehren ihre Sinne wieder. Seine Hände führen das Spiel mit der Creme fort. Tiefe Entspannung macht sich in ihr breit. Sie hört noch, dass er zum Bad geht. Schläft dann aber erschöpft ein. Als sie erwacht, ist er fort. Enttäuscht sucht sie nach einer Nachricht vom ihm. Nach dem Duschen verlässt sie das Hotel und fährt nach Hause. Obwohl ihr Unterleib brennt, denkt sie in Liebe an ihn.

***

Karin

Deutsche Botschaft in Libreville.

Im Büro des Deutschen Botschafters sitzen sich Botschafter Karl-Heinz Streuer und Frau Karin Borghammer gegenüber. Das Büro ist landesüblich mit Kunstwerken einheimischer Künstler versehen, sonst herrscht nüchterne Büroatmosphäre vor. Die Stimmung zwischen ihnen ist freundlich und entspannt. Der Raum angenehm kühl. Kein vergleich zu der Hitze draußen.
Der Botschafter beugt sich zu ihr vor, um ein Gefühl der Verbundenheit zu schaffen. >>Liebe Frau Borghammer, schön dass Sie so schnell kommen konnten. Aber erst einmal, wie geht es Ihnen? Kommen Sie mit dem Klima hier zurecht? Fehlt es Ihnen an etwas?<< Sie schüttelt den Kopf und antwortet.
>>Danke, Herr Botschafter, nach den üblichen Anfangsschwierigkeiten haben wir uns, mein Mann und ich, ganz gut eingelebt. Nur, dass er so viel unterwegs ist, lässt mich oft einsam sein.

Aber das ist unsere Privatangelegenheit und damit stehe ich ja wohl auch nicht alleine da. Aber warum haben Sie mich hergebeten, Herr Botschafter?<< Sie blickt ihn erwartungsvoll an. >>Frau Borghammer, wir haben hier eine Anfrage des Kulturministeriums von Gabun mit der Bitte um einen Einweisungskursus für Studenten des Landes, die in Deutschland studieren wollen. Es geht da um Kultur, Sprache und Leben, Sitten in Deutschland, sowie Verhaltensregeln. Eben alles, was den Afrikaner bei uns in Deutschland erwartet. Da Sie ja Pädagogin sind, dachten wir an Sie. Was meinen Sie ? Trauen Sie sich die Aufgabe zu?<< Erstaunt lehnt sie sich zurück. >>Bevor ich zusagen, muss ich aber noch einiges über die Aufgabe wissen. Wie viel Stunden pro Woche? Die Anzahl der Studenten, wo findet das statt und gibt es eine finanzielle Vergütung?<<
>> Das alles sollten Sie mit den Beamten im Präsidentenpalast absprechen. Ich habe Ihnen schon den Namen und das Büro aufgeschrieben, immer vorausgesetzt, Sie sagen zu. Nur die finanzielle Seite, die übernehmen wir. Das heißt einen kleinen Betrag für Kosten und Mühe.

Sehen Sie bitte diesen Wunsch der Regierung Gabuns als Ehre für uns an. Wenn Sie, liebe Frau Borghammer, diesen Kursus leiten könnten, würde mir dies sehr gefallen. Außerdem haben Sie eine sinnvolle Beschäftigung. Der Umgang mit jungen Studenten, die sehr wissbegierig sind, stellt bestimmt auch für Sie eine interessante Aufgabe dar, oder irre ich mich? Na gut ich sehe, Sie brauchen etwas Bedenkzeit. Können sie mir innerhalb von drei Tagen Ihre Entscheidung mitteilen? Ich wäre ihnen sehr verbunden.<< Steht auf und zeigt so an, dass das Gespräch beendet ist. Auch sie erhebt sich und sagt; >>Ich bespreche das heute Abend mit meinem Mann und gebe Ihnen morgen früh meine Entscheidung bekannt. Gehen Sie von einer Zusage aus, Herr Botschafter.
Die Anschrift nehme ich schon mal mit, wenn es Ihnen recht ist. Eine guten Tag noch und danke, das Sie an mich gedacht haben Herr Botschafter.<< Dreht sich um und verlässt das Büro.

*

Tage später eilt sie, nach dem sie alle Kontrollen durchlaufen hat, die Endlosgänge des Präsidentenpalastes entlang. Im Büro eines Kultursekretärs teilt man ihr den Wunsch, mit einen Kursus für begabte Studenten, die nach Deutschland gehen, zu leiten. Sie sagt zu. Als alle Fragen geklärt sind, teilt ihr der Sekretär mit, sie möge sich doch noch bitte im Büro 02 im Stock fünf melden. Man erwarte sie dort. Vor dem Büro verharrt sie kurz und klopft dann an. Wird von einer Sekretärin empfangen und gebeten, einen Augenblick zu warten. >>Herr Numbong, hier ist eine Frau Borghammer. Können Sie die Dame jetzt empfangen?<< Sie nickt bei dem Gespräch. Wendet sich dann der Besucherin zu und sagt; >>Herr Numbong erwartet sie.<< Weist mit der Hand auf eine der Türen. Karin öffnet die Tür und Leon Numbong kommt ihr strahlend entgegen. Will sie in den Arm schließen, sie aber dreht sich geschickt ab. >>Guten Tag Frau Borghammer, Sie glauben gar nicht wie froh ich bin, Sie bei mir begrüßen zu dürfen.<< Lacht sie offen an. >>Dass Du hinter der Sache steckst, hätte ich mir denken können. Aber warum hast Du Dich nie bei mir gemeldet? Ich hatte so auf Dich gehofft. Das mit dem Kursus ist doch auch nur, um mich zu ärgern oder nicht? Du machst das doch nicht selbstlos.<<

Lachend antwortet er; >> Selbstlos, was ist denn das? Ich tue das für mein Land, unsere Studenten, oder besser gesagt für die kommende Elite das Landes und natürlich auch für uns.<< Greift nach ihr und küsst sie leidenschaftlich. Er spürt wie sie unter seinen Küssen weich wird und ihre Ablehnung verschwindet. >> Schau, so haben wir vielmehr Zeit für uns und ich kann Dich zu jederzeit erreichen, ohne aufzufallen. Ich habe da schon einiges vorbereitet. Da unglücklicherweise meine Zeit auch sehr beschränkt ist, sollten wir jede Minute nutzen die uns gegeben wird.<< Drückt sie nach unten und bietet sich ihr an. Wie verzaubert kann sie nicht erwarten, ihn mit ihren Lippen zu umschließen.

*

Da Karin beim Betreten des Büros die Türe nicht richtig verschlossen hat, bemerkt Nina an

der Lautstärke des Gesprächs der beiden, dass wohl die Tür nicht ganz geschlossen ist. Erhebt sich und geht auf die Tür zu. Lauscht und blickt durch den Türspalt. Sieht, dass Karin vor Leon kniet, der rückseitig an seinem Schreibtisch lehnt. Fasziniert und abgestoßen von der Situation, weicht sie von der Tür zurück. Stammelt vor sich hin; >> Leon, warum die weiße Hure? Ich liebe Dich doch. Hast Du das nie bemerkt? Ich hasse Euch beide.<<
Greift zum Telefon und ruft eine geheime Telefonnummer an. >> Cedric, ich bins, Nina. Ich mache es für Dich. Er hat die deutsche Hure bei sich und vergnügt sich mit ihr im Büro. Ich musste das mit ansehen. Grauenhaft diese Hure. Ja, ich merke mir alles und rufe Dich da an. Du glaubst nicht wie ich die hasse. Ja, ja ich beruhige mich schon. Das sollen die aber bereuen.<<
Nina hat nicht bemerkt, dass ihr im Gespräch die Tränen über die Wangen liefen. Schniefend wischt sie sich übers Gesicht.

*

Nach dem sich die beiden sexuell entspannt haben, sitzen sie gemeinsam auf dem Besucher-Sofa. >>Dein Mann, was ist mit dem? Hat der noch nichts bemerkt? Der muss doch bemerken, dass Du Dich verändert hast. Die Liebe sieht man Dir doch an.<< Lächelt sie an. Er steht auf und geht ins Sekretariat. >>Nina, bitte machen Sie für mich und unsern Besuch Kaffee, Sie wissen wie ich ihn mag.<< Kehrt dann ins Büro zurück. Nach einigen Minuten fallen Nina die beiden Tassen Kaffee vor der Tür auf den Boden. Sie öffnet die Tür und entschuldigt sich für ihre Ungeschicklichkeit.
>>Die Hure bedienen, niemals.<< Murmelt sie als die Bürotür wieder geschlossen ist.
>>Gut, wenn wir hier keinen Kaffee bekommen, dann gehen wir in ein Café. Du hast doch noch Zeit? << Sie gehen gemeinsam den Flur zum Fahrstuhl lang, als mit Hektik die Leibgarde des Präsidenten erscheint. Wenige Meter hinter ihnen schreitet der Präsident auf Leon zu.
>>Wenn schönes hast Du denn bei Dir mein lieber Leon?<< Baut sich mächtig vor den beiden auf.

Präsident Georges Muossono, 58 Jahre aus dem Stamm der Fang. 202 cm groß und kräftig. Mehrere Ehefrauen. Hang zu jungen Frauen. Geizig, gewissenlos und sehr misstrauisch. Regiert das Land mit fester Hand.

>>Das lieber Georges, ist Frau Borghammer, ihr Mann ist Handelsattaché in der Deutschen Botschaft. Sie übernimmt den Kursus für unsre Studenten die nach Europa gehen.<< Charmant küsst der Präsident ihre Hand und wendet sich dann Leon zu. >>Die schönste Frau versteckst Du vor mir, glaubst Du Leon, ich weiß das nicht. Aber mit ihr kommst Du mir nicht so davon. Wir sehen uns. Darauf bestehe ich mein Lieber. Sie kommen doch, wenn ich sie einlade, Frau Borghammer?<< Ohne ihre Antwort abzuwarten schreitet er weiter. Seine Garde deckt ihn nach hinten ab.

>>Leon, wie meinte er das eben mit der Einladung?<< Sichtlich verwirrt antwortet Leon nicht gleich. >>Der Präsident gibt an und ab private Partys, da werden nur wichtigen Leute eingeladen. Nur gute Freunde eben. Da geht es dann auch schon mal heiß her. Frag mal Deinen

Mann, der war auch schon dabei.<< Grinst geheimnisvoll. >>Aber komm, ich brauche einen Kaffee. Außerdem haben wir beide einiges zu besprechen. Wie Deinen Sonderausweis und ein Handy für Dich.<< Sie erreichen die Liftanlage und fahren nach unten.

***

Präsident

Im Hause Borghammer hängt der Haussegen schief. Die Spannungen zwischen den Eheleuten kann man förmlich greifen. Selbst von der Hausangestellten Jahia, die eigentlich sanft wie ein Lamm ist, strömt eine negative Energie aus.

Als Karin abends vom Kursus kommt, knallt ihr Mann einen Umschlag auf den Tisch. >>Lies, wir sind beim Präsident Georges Muossono eingeladen. Er schickt uns einen Wagen. Wie hast Du das wieder geschafft?<< Freudig überrascht öffnet Karin den Umschlag. Liest die Einladung und legt lächelnd die Einladungskarte zur Seite. >>Was hast Du jetzt schon wieder auszusetzen, sei doch froh, dass wir mit der Einladung bedacht wurden. Andere würden sich über die Ehre freuen, vom Präsidenten des Staats Gabun eingeladen zu werden. Außerdem kannst Du doch Deinem Beruf nachgehen, der ist Dir doch sowieso wichtiger als ich.<< Lässt ihn stehen und geht ins Bad.

*

Der Mercedes der Regierung steht pünktlich um 20 Uhr vor der Tür. Das Ehepaar Borghammer verlässt ihr Haus und geht auf das Fahrzeug zu. Er im dunkeln Anzug mit passender Krawatte, sie in einem luftigen orangefarben Kleid das ihre Figur betont. Die Luft ist noch warm, fast schwül. Als sie sich dem Wagen nähern, steigt ein uniformierter Fahrer aus und öffnet die hintere Wagentür. Auf der Rückbank sitzt schon Leon Numbong. >>Frau Borghammer, bitte nehmen Sie hier Platz, Herr Numbong hat noch etwas mit Ihnen zu besprechen. Sie Herr Borghammer folgen uns bitte mit ihrem Privatfahrzeug.<< Konsterniert sieht er, wie seine Frau in den Mercedes einsteigt. Eilt dann zu seinem Audi, um dem Mercedes zu folgen. Die Fahrt geht über die Prachtstraßen von Libreville in Richtung Urwald. Eifersüchtig sieht er, dass sich seine Frau und Leon Numbong angeregt unterhalten, sowie immer enger zusammenrücken. Als sie auf eine Urwaldstraße einbiegen glaubt er zu sehen, dass sie sich küssen. Voller Wut fährt er dicht auf. Traut sich aber nicht zu hupen oder mit Fernlicht zu blinken. Als sich die beiden Personen von einander lösen, sieht er vor entsetzen, dass sich seine Frau nach unten beugt und nicht wieder erscheint. Erst als das Fahrzeug vor der Urwaldvilla hält, erscheint ihr Kopf wieder. Der Mercedes wird links eingewiesen, sein Fahrzeug muss einige Meter weiter rechts auf dem Besucherparkplatz einen Platz finden. Dort stehen auch die Fahrzeuge der anderen Gäste. Luxuriöse Limousinen wie Mercedes, Audi 80 und der Bentley des Präsidenten, der von einem Soldat bewacht wird. Der gesamte Vorplatz und die Villa sind hell erleuchtet.

Die Villa ist H-Förmig gebaut. Flach konstruiert wie es in Afrika üblich ist. Die hohen Bäume des Urwalds decken die Villa fast nach oben ab. Vorne rechts ist die Küche sowie einige Lagerräume. Links sind die Quartiere der Leibgarde und ein Sicherheitsbüro. Im Haupthaus befindet sich eine Halle mit Treppe, die zu den Privaträumen des Präsidenten führen. Von der Halle führen Flure zu den

Gästeapartments rechts und links und zu Sammelräumen die je nach Anforderung genutzt werden können. Hinter der Halle öffnet sich ein großes Wohnzimmer mit Austritt zur überdachten Terrasse. Von hier blickt man in den Urwald bis hin zur Anlegestelle für Boote. Seitlich, hinter Bäumen versteckt, liegt noch ein Bootshaus, was aber von der Terrasse nicht zu erkennen ist. Es dient dem Präsidenten als Fluchweg hin zum offenen Meer.

Als Borghammer seinen Audi abgeschlossen hat, sind Leon und seine Frau schon in der Villa verschwunden. Er betritt die Halle, lässt die Kontrollen über sich ergehen und geht auf den ersten Bekannten zu.

*

\>\>Guten Abend, Frau Borghammer, ich darf doch Karin sagen. Das ist doch Ihr Vorname?<< Sie lächelt ihn an. >>Natürlich Herr Präsident, ich bedanke mich nochmals für die freundliche Einladung.<< Der Präsident ergreift ihr Hand und sagt; >>Nein, danken Sie mir nicht, ich freue mich schon seit Tagen auf den Abend mit Ihnen.

Jetzt aber entschuldigen Sie mich bitte, ich muss noch weitere Gäste begrüßen. Wir sehen uns ja noch.<< Sie geht dann zum Büfett. Steht neben Leon, um sich mit Speisen zu versorgen, als sich ihr Mann seitlich an Herrn Numbong wendet. >>Herr Numbong, kann ich Sie einen Augenblick sprechen, es ist dringend.<< Überrascht blickt Leon zur Seite. >>Nichts ist dringender als ein gutes Essen, mein lieber Herr Borghammer. Sprechen Sie mich bitte nachher an.<< Wendet sich dann wieder den Auslagen zu. Borghammer verschwindet zwischen den anderen Gästen. >>Hast Du mit Deinem Mann über uns gesprochen, Karin?<< Fragend blickt er sie an. >>Nein, aber vielleicht hat er gesehen, dass wir uns geküsst haben während der Fahrt.<< >>Oder er hat mitbekommen, wie Du Dich auf mich gestürzt hast mit Deinem lüsternen Mund.<< Lacht laut auf. >>Aber komm, genieße den Abend.<<

Leon Numbong geht etwas später auf Borghammer zu. >>Jetzt lieber Herr Borghammer können wir reden. Was ist so wichtig, dass es an einem so schönen Abend

besprochen werden muss?<< Verstört fragt der;>>Haben Sie ein Verhältnis mit meiner Frau? Ich erwarte eine ehrliche Antwort von Ihnen Herr Numbong.<<
>>Herr Borghammer, ich habe heute Abend gute Laune, verderben Sie mir diese nicht. Deshalb frage ich Sie, haben Sie ein Verhältnis mit Ihrer Haushaltshilfe, die Sie für 5000 Dollar als Sklavin gekauft haben Herr Handelsattaché?<< Leon schaut ihn durchdringend an. >>Mein lieber Herr Borghammer, Sie haben hier kein Recht, irgendeine Frage an mich zu stellen, habe ich mich klar ausgedrückt.<< Dreht sich um und lässt ihn sprachlos stehen. Leon geht auf Karin zu und nimmt sie am Arm. >>Komm, wir gehen nach oben und machen es uns gemütlich. Georges kommt sicher auch bald.<< Wütend sieht ihr Mann, wie sie lachend die große Treppe nach oben steigt und seinem Blick entschwindet. Sie hat ihn keines Blickes gewürdigt.

*

Als sie am nächsten Tag erwacht, liegt sie in einem fremden Bett. Verwundert blickt sie sich um. Auch das moderne Schlafzimmer ist ihr völlig fremd. Sie versucht aufzustehen, aber ein leichter Schwindel lässt sie wieder zurück ins Kissen fallen. Straßenlärm dringt vom Fenster herein. »Wo bin ich bloß? Wie komme ich hierher? Was ist gestern Nacht passiert? Ich muss versuchen, mich zu erinnern. Das darf dir nicht nochmals passieren. Mein Gott, wo bin ich nur gelandet.« Sie erhebt sich langsam. Neben ihr auf dem Nachtisch steht eine Flasche Wasser und ein Glas. Darunter eine Nachricht von Leon. „Liebste, meinen Glückwunsch, Du hast unseren Präsidenten total überzeugt. Die Wohnung habe ich für Dich angemietet, richte sie Dir ein oder verfahre wie Du es für richtig hältst. Unten steht noch ein weißer Polo für Dich mit dem Kennzeichen B-46-592. Ich melde mich bei Dir. Leon."

Sie geht barfuß durch die Wohnung. Der Fußboden ist mit kühlen, hellen Marmor ausgelegt. Schaut sich neugierig die Zimmer an. Alle Möbel sind in weiß gehalten, auch die Sessel und das Sofa. Darüber liegt ordentlich ihr Kleid abgelegt. Das Wohnzimmer ist um die 30 qm groß mit amerikanischer Küche. Im Bad gibt es eine Duschgelegenheit. Als sie auf den kleinen Balkon tritt, errechnet sie, dass sie im sechsten Stock stehen muss. In der Ferne kann sie den Ozean sehen. Die aufkommende Hitze treibt sie wieder in die klimatisierte Wohnung zurück. Auf dem Bett sitzend versucht sie, sich an den Abend zu erinnern. Ihren Kopf in beiden Händen haltend, gehen ihre Gedanken zurück auf die Party in der Präsidentenvilla.

*

Auf der schneeweißen Wohnlandschaft, mehr liegend als sitzend, schaut sich Karin um. Obwohl der Raum jetzt nicht beleuchtet ist, scheint genügend Licht von der Terrasse unten hoch. Es gibt dem Raum Atmosphäre und Gemütlichkeit. Alle Wände sind mit einer Art Grastapete versehen. Kleine Bambusmöbel zieren den Raum. Leise kling Klaviermusik durch das Zimmer.
Leon tritt an sie heran und gibt ihr einen Drink. Leise stoßen die beiden Gläser zusammen. Sie lehrt ihr Glas schnell, die Wärme und ihre Neugierde auf den Abend lässt sie leichtsinnig

werden. Präsident Georges Muossono erscheint vor ihr. Küsst ihr galant die Hand. Die Stimmen der beiden Männer werden langsam, verzerren sich. Der Raum verändert seine Farben. Das Licht von außen wechselt ständig von Rot in Gelb und Grün. Langsam beginnt sich alles zu drehen. Wohlige Wärme steigt in Karin auf. Lässt sie leichter werden. Ein Gefühl wie auf einer Wolke aus Licht zu schweben, gibt ihr ein nie gekanntes Glücksgefühl. Der Begriff Raum und Zeit verschwinden wie ein flüchtiges Licht. Zeit existiert nicht mehr. Vor ihr erscheinen die Gesichter von Leon und Georges. Sie sieht ihre Arme und Hände auf schwarzer Haut. Spürt aber keine Berührungen in ihren Fingern. Schwarze Körper gleiten unter und über sie, vereinigen sich mit ihr. Immer wieder wechseln die Gesichter. Sie glaubt, dass tausend Hände sie berühren, sie schweben lassen. Dann die Gewissheit, dass beide Männer in ihr sind.

***

Trennung

>>Kannst Du mir sagen was mit Dir los ist? Glaubst Du ich habe nicht gesehen, wie ihr es im Wagen getrieben habt. Dann lässt Du mich wie einen dummen Jungen auf der Party stehen und verschwindest mit Deinem Liebhaber. Wo bist Du die ganze Nacht geblieben, ich dachte wir fahren zusammen zurück. Ich kam mir schon lächerlich vor, nach meiner Frau fragen zu müssen. Setzt Du alles wegen dem aufs Spiel? All unsere Jahre, Deine und meine Familie? Ich kann das so nicht glauben. Karin, ich bitte Dich, komme wieder zu Dir. << Sie hört sich das geduldig an. Geht schweigsam an ihm vorbei ins Schlafzimmer und will ihre Sachen aus den Schränken einpacken. Voller Wut stürmt er hinter ihr ins Zimmer. >>Verdammt, bin ich Dir keine Erklärung mehr wert, oder muss ich die Wahrheit aus Dir rausprügeln.<<
Versonnen lächelt sie. >>Ach so, jetzt wo Du nicht weiter weißt, kommt Gewalt ins Spiel. Komm schlag mich, füge mir Schmerzen zu, das

willst Du doch. Aber glaube mir, Deine Schmerzen ertrage ich, weil ich mich auf seine freue. Sein Schmerz ist süss. Der Schmerz der von ihm ausgeht ist zärtlich, weißt Du überhaupt, was ein zärtlicher Schmerz hervorrufen kann? Natürlich nicht. Schmerz ist ja für Dich etwas, was weh tut. Daher bist Du auch nur langweilig.<< Schmeißt die letzten Kleidungsstücke in den Koffer und schleppt alles nach draußen zum Auto. Sprachlos starrt er hinter ihr her.

*

>>Shit, Shit, Shit, Leon. Was habt ihr mir gegeben? Der Drink? Es war im Drink.<< Sichtlich verärgert starrt sie ihn an. >>Ich bin so enttäuscht von Dir, dass kann ich Dir gar nicht sagen. Ich dachte immer Du liebst mich. Ich verlasse meinen Mann für Dich und was machst Du? Betäubst mich und fällst dann mit zwei Mann über mich her. Mir tut jetzt noch mein Unterleib weh. Shit Leon. Wieso?<<
Amüsiert lässt sich Leon in einen Sessel fallen. Das Lächeln verschwindet langsam aus seinem

Gesicht. >>Jetzt pass mal auf meine liebe Karin. Glaubst Du ich weiß nicht wie Du denkst? Den Alten benutze wie ich will. Den halte ich mir wie ein Äffchen. Aber hier ist nicht Europa, hier ist Afrika, meine Liebe und da bestimme immer noch ich wie meine Beziehungen laufen. Niemand anderes. Außerdem hast Du die Nacht ja sehr genossen, konntest nicht genug bekommen, wie ich gesehen habe. Also beklagte Dich nicht.<<

Immer noch wütend erwidert sie; >>Leon, ich bitte Dich, verstehst Du mich nicht. Es geht hier um Vertrauensbruch, nicht um Lust. Aber nochmals meine Frage, warum Leon? Brauchst Du das für Deine Luststeigerung oder was war das die Nacht?<< Leon springt auf und geht nervös im Zimmer umher.

>>Stell Dir bitte folgende Szene vor. Ein Mann sieht eine Frau, die aber zu jemand anderen gehört. Er ist geil auf sie. Sagt zu dem Mann; Wenn Du mein Freund bist, teilst Du mit mir, genauso wie ich alles mit Dir teile. Genau das hast Du erlebt. Ich hatte keine Wahl, Karin.<< Ernst blickt sie ihn an. >>Leon, wenn Du mir das

vorher gesagt hättest, glaubst Du nicht, ich hätte es für Dich getan. Schau, was hast Du damals auf dem Schiff zu mir gesagt. Wenn Du meine Hure sein willst, komme ins Hotel. Wer kam zu Dir Leon, ich. Ja, ich will Deine Hure sein. Besser eine Hure für Dich, als endlose Stunden allein als Hausfrau. Das nächste Mal frag mich einfach.<< Erhebt sich, lässt ihr Kleid fallen und geht auf ihn zu. Sie hat längst gesehen, dass ihre Worte bei ihm Begierde hervorgerufen haben. Das Karussell der Lust beginnt sich langsam zu drehen.

***

Politik

Am 17. August, dem Tag der Unabhängigkeit, sitzt hinter dem Präsidenten sein Berater Leon Numbong und der Armeegeneral Mbala Lualua. Die Tribüne steht an der Prachtstraße gegenüber vom Hafen auf der Höhe des Präsidentenpalastes.
Geladene Gäste aus Politik und Kultur nehmen die Militärparade ab.
Zwei Fiatjets G 91 aus den Jahren 1970 donnern über die Köpfe der Ehrengäste und der Bevölkerung hinweg. Fliegen eine Schleife und jagen dann wieder über die Prachtstraße hinweg. Sollen so der Bevölkerung vorgaukeln, dass eine Vielzahl an Flugzeugen vorhanden ist. Sie werden immer enthusiastisch gefeiert. Die Menschen, viele bunt in Landestracht gekleidet, winken den Maschinen fröhlich lachend hinterher. Als die einzelnen Mannschaftsteile vorbei marschiert sind und die Fahrzeuge an ihnen vorüber fahren, schüttelt der General den Kopf. Flüstert dem Berater zu; >>Schau Dir

diesen Schrott bloß an. Mein Gott, damit halten wir niemanden auf. Ich muss Dich nachher sprechen.<< Leon nickt ihm nur zu und lächelt. Sie verabreden sich für den nächsten Tag im Le Mevidien Hotel.

*

In der Suite im Hotel sitzen sich Leon Numbong und Mbala Lualua entspannt gegenüber. Der persönliche Adjutant, ein Lieutenant- Colonel, des Armeegenerals sitzt draußen vor der Tür auf Wache. Die Hotelsuite ist vorher von ihm nach Mikrofonen abgesucht worden. Nach den obligatorischen Begrüßungsritualen kommt Leon auf die Militärparade zurück.
\>>Mbala, die Parade war doch gut. Deine Soldaten haben Kampfgeist und Disziplin ausgestrahlt, was macht Dich so wütend?<<
\>>Was mich so wütend macht? Das kann ich Dir genau sagen, wir sind das reichste Land in Afrika, haben aber eine Armee die ausgestattet ist, als wenn wir Schrotthändler sind, und das vor aller Welt. Hast Du nicht gesehen, welche TV-Sender an der Straße standen, ich sage nur BBC,

NBC und so weiter und so weiter. Die Regierungen von den Afrikanischen Ländern haben sich krummgelacht als wir unseren Schrott präsentiert haben. Eins kannst Du mir glauben Leon, nach der Parade überlegen die Armeechefs unserer Nachbarn, wie Kongo und Kamerun, ob es sich nicht lohnt, bei uns einzumarschieren und die Rohstoffe zu stehlen. Aber kommen wir zur Sache, warum ich Dich um ein vertrauliches Gespräch gebeten habe. Ich habe unseren Präsidenten Georges mehrfach um mehr Geld für die Modernisierung unserer Armee gebeten, immer hieß es ja, hab Geduld. Nach der Parade ist meine Geduld am Ende. Glaubst Du ich weiß nicht wohin die Millionen gehen aus den Einnahmen unserer Bodenschätze? Auf Banken in der Schweiz, Luxemburg, die Kaimaninseln. Bei uns fehlt es an allen Ecken und dort verschimmelt unser Geld im Keller. Komm mir nicht mit Staatsreserven. Ich weiß genau auf welchen Namen die Konten laufen. Er ist doch schon vom Geiz zerfressen, kein Wunder, dass er schon überall Verschwörungen gegen sich sieht. Meine Offiziere und ich werden Putschen und haben Dich als neuen Präsidenten im Auge. Was sagst Du dazu?<< Er schaut dem Berater intensiv ins Gesicht. >>Mbala, Dein Angebot ehrt mich sehr. Du weißt, dass uns das in die Hölle bringen kann. Bist Du sicher, dass alle Deine Offiziere hinter Dir stehen? Auch General Nouzaret?<< >> Ja, das schon, aber die Herren wollen genau wie ich ihr Spielzeug. Das musst Du uns verbindlich zusichern, und zwar noch im ersten Jahr nach dem Putsch. Ich habe Dir hier eine Liste unserer Wünsche mitgebracht. Schau sie durch und dann reden wir weiter.<< Zieht aus seiner Aktentasche eine dünne Akte hervor und reicht sie Leon hin. Der schaut rein und lächelt. >>Da habt Ihr aber große und teure Wünsche, mein Lieber. Aber gib mir einige Minuten Zeit das mal durchzusehen und umzurechnen. Er blättert weiter in dem Bericht:

Vier Spähwagen Fennek

Spähwagen „Fennek" (4 x 4) Besatzung: 3 Soldaten Gewicht: 11,0 Tonnen Motorleistung: 177 kW (240 PS) Bewaffnung: 1 Granatmaschinenwaffe 40 mm auf Lafette mit Zielperiskop, sowie 1 MG 7,62 mm

Besonderheiten: Navi mit GMS-Stützung, Laserentfernungsmeser und Wärmebildgerät.

Schützenpanzer Marder

In den Varianten A3 (Schützenpanzer, VB-Panzer), A4 (Führungspanzer), A5 (mit Minenschutzausstattung), A5A1 (mit Minenschutz und Klimaanlage) und als Fahrschulfahrzeuge im Dienst.

Jeeps

DKW Munga, VW Iltis und Hammer

Seuchenfahrzeug

Hanomag Al 28

Militärpritsche

Mannschaftsfahrzeuge von Magirus oder Mercedes Unimog

Kampffahrzeuge

TP z 1 Fuchs-Pionier

Straßentankwagen

Ein Iveco Trakker, schwer gepanzert

Amphiben Pionierfahrzeug

Sumpfboot

Schwimmpanzer

Kampfhubschrauber

Moderne Handfeuerwaffen

*

Aus den Minuten wurde eine Stunde. Leon legt die Liste zur Seite und wendet sich dem Armeechef zu. >>Mbala, als Du mich um die Unterredung batest, habe ich mir so meine Gedanken gemacht. Dass wir dringend neue Ausrüstung für unsere Armee brauchen, das ist mir schon lange klar. Die Hälfte unserer Fahrzeuge steht im Lager und ist nicht einsatzfähig. Mangelt es an Ersatzteilen oder an Sprit? Sag Du es mir. Aber das Negativste ist, dass wir nicht über eine schnelle Luftverteidigung verfügen, daher habe ich mich bei meinen Freunden umgesehen und lege Dir hier einige Modelle vor. Prüfe sie und wir besprechen das in zehn Minuten, ich gehe nach draußen, habe ein wichtiges Gespräch zu führen.<< Reicht ihm die Broschüren der Hubschrauber und verlässt die Suite. Hochinteressiert schlägt der General die Werbebroschüren auf.

UH-60L Blackhawk

Die derzeit bei der US Army eingesetzte Version besitzt neben neuen um je 220 kW (300 PS) leistungsgesteigerten Triebwerken ein vereinfachtes Zielsystem für Panzerabwehr-Lenkraketen vom Typ AGM-114 Hellfire (nicht serienmäßig). Zusätzlich zu den Raketen kann der Hubschrauber auch Außentanks oder Werfer für ungelenkte Raketen an seinen Pylonen tragen. Die Typbezeichnung *UH* leitet sich ab von der Klassifizierung *Utility Helicopter* (siehe dazu: Bezeichnungssystem für Luftfahrzeuge der US-Streitkräfte). Der Erstflug fand am 22. März 1988 statt

UH-60M Blackhawk

Die *UH-60M* ist eine Weiterentwicklung der UH-60L mit neuen Rotorblättern, T-700-GE-701D-Triebwerken, haltbarerem Getriebe, moderner Avionik mit Glascockpit und einem Leitwerk aus Verbundwerkstoffen.Sie ersetzt die UH-60A und L der US Army und als *Combat Rescue Helicopter* die HH-60G der USAF. Der UH-60M hob am 17. September 2003 zu seinem Erstflug ab, die Lieferung der ersten Serienhubschrauber begann Ende Juli 2006. Die Version „UH-60M Upgrade" enthält eine Modernisierung des Fly-by-Wire-Systems und ein FADEC für das Triebwerk sowie ein Heck aus Verbundwerkstoffen. Der Erstflug dieser Version war am 29. August 2008.

VH-60 Whitehawk

Das US Marine Corps setzt die „White Hawk" als VIP-Helikopter ein, hauptsächlich für Personen wie den US-Präsidenten. Beim Transport des Präsidenten trägt er das Rufzeichen *Marine One*.

*

Hocherfreut legt er die Werbeschriften zur Seite, in diesem Moment betritt der Berater das Zimmer wieder. >>Die nehmen wir Leon.<< >>Einen Augenblick mein Lieber, so einfach ist das nicht. Wir können die Waffen nicht so einfach wie in einem Katalog bestellen. Du und ich, wir müssen mit denen über eine Rückvergütung sprechen, außerdem müssen wir auf die Franzosen und Deutschen Rücksicht nehmen. Nicht nur aus politischen sondern auch aus wirtschaftlichen Gründen. Ich überlege, wie wir das am besten händeln können. Die Aufträge können wir nicht an eine Nation vergeben. Mein Vorschlag ist dieser, bei den Helikoptern splitten wir. Für uns beide als schnelles Bewegungsmittel, dachte ich an je einen VH-60

White Hawk in einer Luxusausführung. Um unsere Schlagkraft militärisch zuerhöhen, sollten wir den Kampfhubschrauber Tiger bestellen. Nach meiner Prüfung ist der Helikopter Tiger der Beste auf dem Markt, in der Version mit der beweglichen Bordkanone. Das französische Modell hat eine 30-Millimeter-Kanone, die der Pilot per Kopfdrehung steuern kann. Aber informiere Dich bitte selbst.<< Schiebt ihm eine Informationsbroschüre vom Tiger zu und erhebt sich. >>All diese kann ich Dir lieber Mbala aber nur als Präsident des Staates Gabun zusichern.<< Während der Armeechef die Broschüre durchblättert, steht Leon am Fenster und blickt auf den Ozean.

Kampfhubschrauber Tiger

Der Tiger ist ein Kampfhubschrauber in klassischer Haupt-und-Heckrotor-Konfiguration. Das Cockpit ist kampfhubschraubertypisch in Tandem-Anordnung aufgebaut. Anders als bei allen derzeit weltweit eingesetzten Kampfhubschraubern sitzt der Pilot im Tiger auf dem Vordersitz und der Bordschütze dahinter.

Um die Sicht für den hinten sitzenden Schützen zu verbessern, sind die Sitze in der Höhe gestaffelt angeordnet. Die Rotorblätter können in etwa sechs bis sieben Minuten gefaltet werden, was den Tiger luft- und seetransporttauglich macht.

Rumpf und Zelle

Der schlanke, widerstandsarme Rumpf besteht zu 80 % aus Verbundwerkstoffen, wodurch eine geringere Radarsignatur erreicht und die Crashsicherheit erhöht wird. So ist bis zu einer vertikalen Sinkgeschwindigkeit von 10,5 m/s, 8 m/s Seiten- und 12 m/s Längsgeschwindigkeit die geforderte Überlebenswahrscheinlichkeit gegeben. Zum Schutz vor feindlicher Entdeckung trägt auch eine reflexionsarme Lackierung bei. An den Seiten des Rumpfes sitzen zwei Stummelflügel zur Waffenaufnahme. Am Bug befindet sich ein Kanonendrehturm (außer bei der Version UHT).

Die Flugzelle besteht zu 80 % aus mit Kohlenstoff-, Aramid- und Glasfasern verstärktem Kunststoff, Nomexwaben und Hartschäumen. Die Stummelflügel bestehen aus Aluminiumspanten mit CFK-Rippen und CFK-Außenhaut. Die Kunststoffbauweise senkt aufgrund der hohen Lebensdauer der Flugzeugzelle die Wartungskosten. Im Gegensatz zur Aluminium- und Stahlbauweise unterliegt das Material einer wesentlich geringeren Materialermüdung und keiner Korrosion. 11 % der Leermasse entfallen auf Aluminiumlegierungen und weitere 6 % auf Titanlegierungen.

Angetrieben wird der Helikopter von zwei Rolls-Royce/Turboméca/MTU-MTR-390-Triebwerken, die mit einer APU angelassen werden. Zum Schutz vor angesaugten Fremdkörpern (sog. FOD) sind die Triebwerksansaugöffnungen mit Schutzgittern versehen. Im darauffolgenden zweistufigen Radialverdichter wird die Ansaugluft auf ein Druckverhältnis von 13:1

verdichtet. Das Zweiwellen-Triebwerk ist mit einer Umkehr-Ringbrennkammer ausgestattet, von den drei Axialturbinenstufen treibt eine die Verdichterwelle an; zwei Stufen geben als Freilaufturbine bis zu 958 kW Wellenleistung an das Zwischengetriebe ab. Die weiterentwickelte Version MTR-390-E weist ein höheres Verdichtungsverhältnis von 14:1 und 1094 kW Wellenleistung auf, ist allerdings etwas schwerer als das ursprünglich 169 kg wiegende Triebwerk. Beide Triebwerksversionen sind FADEC-gesteuert, 1078 mm lang, 442 mm breit und 682 mm hoch und hauptsächlich aus Titanlegierungen gefertigt und modular aufgebaut. Beim Ausfall eines Triebwerkes ist der Helikopter noch in der Lage, seinen Kampfauftrag zu erfüllen, wenn er nicht schwerer als 5,9 Tonnen ist.

Das Hauptgetriebe ist ebenfalls aus Titanlegierungen gefertigt und soll bei Ölverlust bis zu 30 Minuten trockenlaufen können, in Tests wurden bis zu 65 Minuten erreicht.

Rotoren

Der Tiger besitzt einen rechtslaufenden gelenklosen Vierblatt-Hauptrotor mit einem Zentralstück aus Titan. Schlag- und Schwenkbewegungen während des Blattumlaufes werden durch elastische Biegung der Rotorblattwurzel ermöglicht; Anstellwinkeländerungen durch Elastomerlager. Die Rotorblätter sind aus Faserverbundwerkstoffen gefertigt. Der Heckrotor ist dreiblättrig.

Wie bei jedem Kampfhubschrauber wurde auch beim Tiger großer Wert auf eine hohe Überlebensfähigkeit gelegt. Die klimatisierte Kabine ist mit einem ABC-Filtersystem versehen, so dass der Helikopter auch in atomar, biologisch oder chemisch kontaminiertem Gebiet voll einsetzbar ist. Die Panzerung hält Beschuss aus 23-mm-Maschinenkanonen stand, der Haupt- wie auch der Heckrotor sind gegen schweren Maschinengewehrbeschuss und Vogelschlag resistent. Die Treibstofftanks sind selbstabdichtend und mit einem System zur Explosionsunterdrückung ausgestattet. Gegen Blitzschlag und elektromagnetische Impulse (EMP) ist eine vollständige Abschirmung durch ein in die Flugzelle eingearbeitetes Kupfer/Bronzegitter vorhanden. Die Flugzelle und die Sitze sind dafür ausgelegt, bei einem Absturz die Aufschlagenergie in gewissen Grenzen zu absorbieren.

Tarnung

Obwohl der Tiger kein Tarnkappenhubschrauber ist und keine radarabsorbierenden Materialien verwendet werden, wurden mehrere Maßnahmen zur Reduzierung der frontalen Radarsignatur unternommen. So beträgt die Frontsilhouette lediglich ~6 m². Die hohe Positionierung des Visiers erlaubt es, den Helikopter in Deckung zu halten und dabei das Gefechtsfeld zu überblicken. Die Faserverbundstruktur der Zelle sorgt für ein geringes Radarecho. Auf Krümmungen des Rumpfes, besonders konkave, wurde so weit wie möglich verzichtet. Von vorne eintreffende Radarstrahlung wird durch die Form der Flugzelle nach oben reflektiert, die Rotorblätter bestehen aus radardurchlässigem glasfaserverstärktem Kunststoff. Die Panzerabwehrlenkwaffen vom Typ Trigat-LR und ungelenkten Raketen werden in eckigen Startbehältern transportiert. Der Abgasstrahl der Triebwerke wird gekühlt, dafür befindet sich hinter der vergitterten Ansaugöffnung eines Triebwerks eine zweite Öffnung für die Kühlluft. Das gekühlte Abgas wird hinten ausgestoßen, wobei die verlängerte Unterseite die Einsicht von unten und vorne erschwert und im Abwind eine schnellere Vermischung mit Umgebungsluft stattfindet.

Selbstschutz

Der Tiger ist mit den nachfolgend beschriebenen Selbstschutzsystemen ausgestattet. Sie bestehen aus einer passiven Radar- und Laser-Warnanlage (RWR und LWR) und einer Flugkörper-Warnanlage (MLD). Als

Gegenmaßnahme werden Täuschkörper eingesetzt.

Raketenwarnsystem MILDS AN/AAR-60

Das AN/AAR-60 MILDS (Missile Launch Detection System) ist ein Raketenwarnsystem. Es benutzt vier bis sechs hochauflösende ungekühlte Ultraviolettstrahlungs-Sensoren, um anfliegende Raketen anhand deren Abgasstrahls zu lokalisieren. Dadurch können auch passiv gelenkte Waffen wie FIM-92 Stinger und SA-18 Grouse geortet werden. Ein Sensor wiegt ungefähr 2 kg. Das AN/AAR-60 bietet eine Abdeckung von 360° in der Horizontalen und 95° in der Vertikalen und kann bis zu acht Lenkflugkörper gleichzeitig verfolgen. Das System ist mit den anderen Abwehrmaßnahmen gekoppelt, die Datenverarbeitung erfolgt durch das MILDS selbst.

Threat Warning Equipment

Das *Threat Warning Equipment* (TWE) wurde von Thales entwickelt und besteht aus einem breitbandigen Radarempfänger und einem Laserwarner von EADS sowie einem Hauptprozessor zur Datenverarbeitung. Die Sensoren übermitteln der Besatzung Daten von feindlichen Radargeräten und lasergelenkten Waffen, die auf den Helikopter gerichtet sind. Das Radarwarngerät kann mehrere Sendequellen erfassen, klassifizieren und deren Richtung ermitteln. Das System steuert alle Selbstverteidigungsmaßnahmen des Kampfhubschraubers, wie das MILDS und Saphir-M, Gegenmaßnahmen werden entweder auf Eingabe der Besatzung oder vollautomatisch eingeleitet.

Täuschkörpersystem

Das Saphir-M ist die Weiterentwicklung des Saphir-Täuschkörpersystems. Es wird auch im Transporthubschrauber NH90 verwendet. Es kann Täuschkörper gegen infrarot- und radargelenkte Waffen ausstoßen. Die Hitzefackeln sind gegen schultergestützte Waffensysteme optimiert. Das Saphir-M ist mit dem TWE verbunden, von wo aus es automatisch oder manuell ausgelöst werden kann. Es besitzt zehn Magazine mit Gegenmaßnahmen; pro Magazin können 18 bis 72 Täuschkörper geladen werden. Es sind je nach Bedrohung verschiedene Ausstoßmodi wählbar, die durch den Hauptprozessor des *Threat Warning Equipment* ausgesucht werden.

Avionik

Die Avionik umfasst unter anderem einen Autopilot und das EuroGrid Battlefield Management System von EADS. Alle wichtigen Systeme sind entweder doppelt oder dreifach vorhanden und mit einem MIL-STD-1553-Datenbus vernetzt. Der Tiger ist nicht nur nachtflugfähig, sondern auch nachtkampffähig. Zur Bestimmung der eigenen Position sind ein GPS-Empfänger, zwei Laserkreisel von Thales, zwei Magnetometer, zwei *Air Data Computers*, ein CMA-2012-Dopplerradar und diverse Pitotsonden vorhanden. Die Position der eigenen Hubschrauber sowie entdeckter Gegner wird auf einer topografischen Karte dargestellt; es ist möglich, die Position entdeckter Ziele an einen anderen Tiger weiterzugeben. Eine Anbindung an das Multifunctional Information Distribution System wie beim Eurofighter wurde nicht durchgeführt – ein Punkt, der vom Bundesrechnungshof heftig kritisiert wurde, da er die Fähigkeit zur netzwerkzentrierten Kriegführung erheblich einschränkt.

Allgemein

Der Tiger ist mit Glascockpits ausgestattet. Die Instrumente des Piloten sind in acht Hauptgruppen unterteilt. Über die zwei Multi-Funktions-Displays werden dem Piloten die Flugdaten, Triebwerksleistungen, Geschwindigkeit, Kurs, der künstliche Horizont und Navigationsinformationen mitgeteilt. Bei Ausfall eines MFDs ist das zweite in der Lage, alle anderen Daten auch anzuzeigen. Rechts neben den MFDs befindet sich eine Notinstrumentierung, auf die der Pilot zurückgreifen kann, falls beide MFDs ausfallen sollten. Über den MFDs befindet sich eine Alarmtafel, die Beschädigungen oder Fehlfunktionen anzeigt. Rechts und links ist die Kommunikationsinstrumentierung und die Waffenbedientafel installiert.

Die Aufgaben des Piloten sind:

- Flugführung des Hubschraubers
- kooperative Flugführung für vorbereitenden Waffeneinsatz durch den Waffensystemoffizier
- Einsatz der Bewaffnung
- Flugverkehrs-Sprechfunk.

Der Waffensystemoffizier (WSO) hat ein zweigeteiltes Aufgabenspektrum. Ihm unterliegen zum einen:

- Missionsmanagement

- taktischer Funkverkehr
- taktische Führung bzw. Einsatzführung des Helikopters
- zeitlich nicht dringlicher Waffeneinsatz
- Waffensystemmanagement
- Schutz- und Gegenmaßnahmen
- Einsatzvorbereitung für die Waffensysteme.

Zum anderen unterliegen ihm, während er selbst den Helikopter steuert:

- Einsatz der Bewaffnung
- luftkampfspezifische Aufgaben.

Das Cockpit des WSO ist nur geringfügig anders gestaltet als das des Piloten. Die MFDs sind hier untereinander angeordnet und die Alarmtafel ist rechts neben den beiden Bildschirmen montiert. Links daneben befindet sich die Waffenauswahl- und Bedientafel. Zusätzlich befinden sich im Cockpit des WSO noch ein Head-In-Display und ein Funkgerät.

Strix

Das Strix ist das Dachvisier der Versionen HAP, HAD und ARH des Tigers von Sagem. Es enthält Infrarot- und CCD-Fernsehkameras sowie eine direkte Optik und ein Ortungsgerät für HOT3-Lenkwaffen. Ferner sind ein Laserentfernungsmesser und Laserzielbeleuchter vorhanden, um eigene oder fremde lasergelenkte Waffen ins Ziel zu lenken Mit Hilfe eines *Laser spot trackers* können Laserzielmarkierungen verbündeter Einheiten entdeckt und automatisch verfolgt werden. Der Schütze zielt mit Hilfe einer vom Kabinendach herunterhängenden Visiereinrichtung. Nachdem ein Ziel aufgeschaltet wurde, verfolgt das Strix es automatisch.

Osiris

Das Osiris ist das Mastvisier des UH-Tigers von Sagem. Durch die Mastmontierung kann der Helikopter vollständig in Deckung bleiben, während er Ziele sucht oder beobachtet, der erhöhte Luftwiderstand reduziert die Höchstgeschwindigkeit allerdings um 25 km/h. Das Osiris besteht aus Infrarot- und CCD-Fernsehkameras sowie einem Laserentfernungsmesser, ferner ist ein Ortungsgerät für die HOT3-Panzerabwehrraketen vorhanden. Der Schütze zielt mit Hilfe einer vom Kabinendach herunterhängenden Visiereinrichtung. Nachdem ein Ziel aufgeschaltet wurde, wird es vom Osiris automatisch verfolgt. Mit dem Sensor ist es möglich, innerhalb von acht Sekunden vier Trigat-Flugkörper auf verschiedene Ziele abzufeuern, ohne dabei aktiv Emissionen auszusenden. Ebenso können damit Ziele zu Aufklärungszwecken fotografiert werden.

Pilot Sight Unit

Der UH-Tiger hat am Kinn statt einer Turmmaschinenkanone ein schwenk- und nickbares Forward Looking Infrared (FLIR) mit einem Sichtfeld von 40 × 30°. Das System kann mit der Helmbewegung des Piloten gekoppelt werden, dabei wird das Wärmebild auf das Head-Mounted Display des Piloten projiziert. Dadurch kann er den Hubschrauber auch unter widrigen Sichtverhältnissen fliegen. Das gleiche System kommt auch im NH90-Transporthubschrauber zum Einsatz.

Helmsysteme

Französische, australische und spanische Tiger-Besatzungen verwenden das *TopOwl* Head-Mounted Display von Thales Avionics. Statt wie bei herkömmlichen Systemen sind links und rechts am Helm zwei restlichtverstärkende Kameras eingebaut, deren Bilder auf das Visier projiziert werden können, um konventionelle Nachtsichtgeräte zu ersetzen. Die natürlichere Gewichtsverteilung gegenüber konventionellen Nachtsichtgeräten reduziert die Belastung für die Nackenmuskulatur und ermöglicht ein weniger eingeschränktes Sichtfeld. Flugdaten und Informationen werden ebenfalls auf das Helmdisplay projiziert, so dass diese auch bei einem Blick aus den Seitenfenstern zur

Verfügung stehen. Der Helm ist mit Sensoren ausgestattet, welche die Kopfbewegungen des Piloten erkennen, um das Dach- oder Mastvisier beziehungsweise die Turmmaschinenkanone entsprechend zu steuern. Die Helmfunktionen werden über HOCAS (Hand On Collective And Stick) gesteuert. Deutsche Tiger-Besatzungen verwenden hingegen den *Knighthelm* von BAE Systems mit ähnlichen Eigenschaften.

Kommunikation

Zur Datenübertragung sind Hochfrequenz- und VHF-Systeme sowie Link 16 vorhanden. Der Tiger kann auch über militärische Kommunikationssatelliten Daten senden und empfangen.

Die Maschinenkanone wird bei den Versionen HAP, HAD und ARH im Kinnturm verwendet. Der Munitionsvorrat beträgt 150 bis 450 Schuss. Die Waffe wird von Eurocopter wegen ihrer Präzision gelobt, so sollen bei Schusstests auf 1000 Meter alle Geschosse eines 5-Schuss-

Feuerstoßes in einem 2×2 Meter großen Ziel eingeschlagen sein. Laut Hersteller wird diese Präzision von keinem anderen Kampfhubschrauber erreicht.

Unter den Stummelflügeln mitführbar .

Bis Ende 2012/Anfang 2013 konnten die deutschen Hubschrauber an den jeweils äußeren Waffenstationen nur mit Stinger bewaffnet werden. Im Rahmen des Kampfwertsteigerungsprogramms *THOR* wurde eine bisher nicht bekannte Zahl deutscher *UH TIGER* an beiden Stummelflügeln mit insgesamt vier wechselfähigen Waffenstationen nachgerüstet, die unter anderem das Mitführen von 70-mm-Raketen an den äußeren Waffenstationen ermöglichen. Die 70-mm-Raketen stehen den deutschen Hubschraubern im Rahmen des *Tiger*-Kontingents in Afghanistan mit folgenden Gefechtsköpfen zur Verfügung: Spreng, Splitter, Bomblet und Multidart. Dabei stellt insbesondere die Verfügbarkeit von

Bomblet-Munition eine enorme Kampfwertsteigerung dar.

Technische Daten

Bewaffnung eines Eurocopter Tiger HAP

Kenngröße	Daten
Typ	mittlerer Kampfhubschrauber
Besatzung	Pilot und Bordschütze
Rumpflänge	14,08 m
Länge über Hauptrotor	15,80 m
Rotordurchmesser	13,00 m
Heckrotordurchmesser	2,70 m
Flügelspannweite	4,50 m (mit Außenlastträgern)
Höhe	• 3,83 m (HAP/HAD/ARH)

	- 5,20 m (UHT)
Leergewicht	3060 kg
Normales Startgewicht	- 4710 kg (HAP/ARH) - 4860 kg (UHT)
Maximales Startgewicht	- 6100 kg (UHT/HAP/ARH) - 6600 kg (HAD)
Interner Treibstoff	1080 kg (1360 l)
Triebwerke	- 2 × MTR-390 2C-Gasturbine (UHT/HAP/ARH) - 2 × MTR-390 E-Gasturbine (HAD)
Triebwerksleistung[28]	- MTR-390 2C: 873 kW; Notleistung:

	1160 kW • MTR-390 E: 1094 kW; Notleistung: 1322 kW
Maximale Geschwindigkeit	290 km/h (ohne Bewaffnung und Mastvisier 315 km/h)
Marschgeschwindigkeit	• 280 km/h (HAP/HAD/ARH) • 260 km/h (UHT)
Steigrate	10,7 m/s
Dienstgipfelhöhe	4000 m
Einsatzreichweite:	bis zu etwa 800 km
Einsatzdauer	3,1 Stunden
Überführungsreichweite	1300 km

Versionen

Tiger HAP (Frankreich)

Der Tiger HAP/HCP (**H**élicoptère d'**A**ppui et **P**rotection, fr. für „Unterstützungs- und Begleithubschrauber" / **H**élicoptère de **C**ombat **P**olyvalent, fr. für „Mehrzweckkampfhubschrauber") ist ein mittelschwerer Luft-Luft- und Feuerunterstützungshelikopter, der für die französische Armee gebaut wird. Diese Version wird im Laufe der Produktion durch die HAD-Version ersetzt.

Am 29. Dezember 2008 erhielten nach vier Jahren die Versionen HAP Standard 1 (Frankreich) und UHT Step 2 / Step 3 (Deutschland) des Kampfhubschraubers Tiger ihre endgültige Qualifikation. Dazu gehörten insbesondere die Eignung für den schiffsgestützten Einsatz und die Integration eines Datenlink-Systems für den Tiger HAP. Frankreich hat 40 Tiger HAP bestellt, die mit einem 30-mm-Bordgeschütz von GIAT im schwenkbaren Kinnturm, 68-mm-Raketen sowie einem am Cockpitdach montierten STRIX-Visier ausgerüstet sind. An den seitlichen Pylonen trägt der Tiger HAP-Behälter für ungelenkte Raketen und Mistral-Luft-Luft-Raketen

*

Als der General die Papiere aus der Hand legt, blickt ihn sein Gegenüber erwartungsvoll an. >>Leon, Du weißt von dem Tiger brauchen wir mindestens sechs Stück komplett. Schaffen wir das? Einen, eventuell aber auch mehr muss ich General Patrice Nouzaret versprechen, sonst haben wir ihn nicht auf unserer Seite.<< Nachdenklich lehnt sich der Berater zurück. >>Eins muss auch ich sagen, mein lieber Mbala, Eure Spielzeuge werden immer teurer. Allein ein Tiger kostet in der Grundausführung über 20 Millionen Euros. Aber gut, kümmere Du Dich um den militärischen Ablauf, ich versuche das Geld aufzutreiben. Dann muss eben alles andere zurückstehen.<< Die beiden Männer erheben sich und schütteln sich die Hände. Beim hinausgehen sagt der General; >> Noch ein Bonus erwarte ich Leon, ich will die weiße Hure für eine Nacht. Ich meine die, die Du dem Präsidenten zugeführt hast. Er schwärmt noch immer von ihr. Mein Verbindungsoffizier, der oft auch in Zivil erscheint ist, ist Capitaine Etepe Mulongoti. Wenn er sich bei Dir meldet, empfange ihn bitte, die Kommunikation über Telefon und PC hört und sieht unser lieber Freund Cedric ja mit. Ach ja, bevor ich es vergesse, hier ein Notruf. Man weiß ja nie. Wenn Du den drückst, bin ich in kurzer Zeit mit meinen Männern bei Dir. Sammel fleißig Geld für unsere Spielzeuge wie Du zu sagen pflegst. Ich bringe meine Offiziere auf Trab und erarbeite einen Übernahmeplan. Um den General Nouzaret mach Dir mal keine Sorgen, den überzeuge ich auch noch.<< Wendet sich seinem Adjutanten zu und die beiden gehen stramm zum Treppenhaus. Immer noch sehr nachdenklich steigt Leon Numbong in den Lift.

*

In der Kommandantur hat Armeegeneral Lualua seine engsten Offiziere um sich versammelt. Der gesamte Führungsstab, außer General Nouzaret und sein Stab, ist anwesend. Schweigend, die Hände auf dem Rücken, geht der General von einem zum anderen seiner Offiziere, schaut jedem lange in die Augen und geht dann weiter. >>Meine Herren, dass wir heute hier versammelt sind hat einen ernsten Grund. Jeder von ihnen weiß, wie es um unser Material steht. Ich spreche nicht von unseren Soldaten, meine Herren. Nein, für die haben Sie meine Hochachtung. Ich gebe Ihnen mal die Beurteilung vom Berater Leon Numbong wieder: Deine Soldaten haben Kampfgeist und Disziplin ausgestrahlt, was macht Dich so wütend? Ich will es Ihnen sagen,was mich so wütend macht. Dass sich die Politik alles einverleibt. Wir schützen dieses Land und seine Bevölkerung mit unserem Leben und was macht unser Präsident, er schafft Gelder ins Ausland. Mit unseren total veralteten Waffen können wir gerade mal Kriminelle aufhalten, aber wehe wenn uns die Kongonesen angreifen.<< Er geht weiter zwischen seinen

Offizieren und bleibt dann abrupt vor Capitaine Mulongoti stehen. Auch ihn blickt er lange in die Augen.

>> Capitaine Mulongoti, Sie sind Verbindungsoffizier zwischen den Stäben von uns und General Nouzaret. Ich habe eine Frage an Sie und bitte um eine ehrliche Antwort als Offizier. Sie haben mein Ehrenwort als General des Staats Gabun. Auch wenn mir Ihre Antwort nicht gefällt, Sie haben freien Abgang. So jetzt zu meinem Anliegen. Sollte es zum Streitfall zwischen den Einheiten kommen, auf welcher Seite stehen Sie, Capitaine Mulongoti?<<

Capitaine Etepe Mulongoti tritt stramm militärisch vor, blickt General Lualua direkt an und sagt; >>Mein General, ich stehe auf der Seite des Rechts und der moralischen Sieger. Auf der Seite des Volkes und seiner Armee. Ich stehe auf der Seite von Ihnen, mein General.<< Haut seine Hacken zusammen und grüßt militärisch. >>Rühren Capitaine, ich danke Ihnen. Gut, das haben wir geklärt, jetzt zum eigentlichen Anlass unserer Versammlung.<<

Er wendet sich seinem Stab zu. >>Meine Herren, ich teile Ihnen mit, dass einigen wichtige Persönlichkeiten in unseren Land es nicht mehr hinnehmen, dass der Präsident unseren Reichtum, der durch die Minen und durch Verkauf von Rohstoffen erwirtschaftet wird, für sich ins Ausland bringt. Wir planen einen Machtwechsel. Was das heißt, brauche ich Ihnen ja nicht zu sagen. Jeden von Ihnen erwartet eine schwierige Aufgabe, die aber, und jetzt wird es interessant für Sie, mit höhem Sold und neusten Waffen belohnt wird.<<
Ein militärisches „Hurra,, ertönt. >>Ich bitte Sie, sich ab jetzt dieser Aufgabe in Ihren Bereichen zu widmen. Die Sicherungspläne über die Hauptstadt und den Flughafen bekommen Sie nach dieser Besprechung. Ich werde Sie noch in Einzelgesprächen und im Team davon unterrichten wie weit wir sind und wann wir losschlagen. Zum Problem mit dem Grenz - Bataillon unter Führung von General Nouzaret, der, wie wir alle wissen dem Präsidenten zugetan ist, ist folgendes zu sagen. Auch er ist wie der Präsident Fang-Angehöriger. Dazu nur noch kurz. Ich werde ihn persönlich unterrichten, aber

erst, wenn wir losgeschlagen haben. Bis dahin meine Herren herrscht höchste Geheimhaltung. Wer dagegen verstößt, bezahlt das mit seinem Leben. Ach noch eines, das sollte jedem Soldat bewusst sein, keine Kommentare oder Äußerungen zur Presse. Ich sehe das als Geheimnisverrat an. Habe ich mich klar ausgedrückt?<<
Die Offiziere nehmen Haltung an und es tönt wie aus einem Chor; >>Jawohl, Herr General.<<
>>Hat einer der Herren eine Frage, die alle hören sollten, dann bitte jetzt.<< Wieder klingt es wie aus einem Munde; >>Nein, Herr General.<<
Zufrieden schaut er seine Männer an. >>Dann meine Herren abtreten und an die Arbeit.<<

*

Ein Mercedes mit militärischem Nummernschild hält vor dem modernen Hochhaus. Kaum steht der Wagen öffnet sich die Eingangstür des Hauses und eine junge Frau erscheint.
>>Schickt Sie der General, Soldat?<< Er reißt die Wagentür auf und antwortet; >>Ja, Madame, er erwartet Sie.<< Schlägt die Tür zu , steigt

hinters Lenkrad und fährt los. >>Wohin fahren wir Soldat?<< Er starrt auf die Straße, schweigt. >>Hallo Soldat, ich spreche mit Ihnen, wohin fahren wir.<< Wieder keine Antwort. Sie gibt es auf, schaut gelangweilt aus dem Seitenfenster. Sie verlassen die Stadt, die Straße geht kilometerlang durch den Urwald. Dann biegt der Mercedes von der Hauptstraße ab auf eine Nebenstraße. Hält dann vor einem Schlagbaum, dahinter befindet sich eine riesige Militäranlage, die hell erleuchtet ist. Sie sieht verfallene Kasernen, alte militärische Mannschaftswagen, sowie herumlungernde Soldaten. Vor einem neueren Gebäude hält der Wagen an. Der Fahrer eilt aus dem Auto und reißt die hintere Wagentür auf. >>Bitte folgen Sie mir, Madame.<< Der Fahrer geht ins Gebäude und gleich durch in ein Büro. >>Bitte setzen Sie sich, der General wird Sie gleich empfangen.<< Dreht sich um und verlässt den Raum. Nach Minuten tritt ein großer stattlicher Mann ein. Seine korrekt sitzende Uniform verleiht ihm eine Aura von Stärke und Macht. >>Darf ich mich bekannt machen? Meine Name ist General Mbala Lualua, ich bin der Ranghöchste Offizier der Armee von Gabun.<<

Armeegeneral Mbala Lualua, aus den Stamm der Mpongwe. 64 Jahre. Seine Familie ist die Armee. Gilt als hart aber fair. Seine Männer gehen für ihn durchs Feuer. Alles politische ist ihm zuwider. Ein geborener Sadist.

>>Schön, dass Sie zu mir gefunden haben. Darf ich Ihnen etwas zu trinken anbieten?<< Die erste Spannung fällt von ihr ab. Sie glaubt, dass es in ihre Richtung läuft. >>Gerne General, wenn mein Wunsch nach Champagner Sie jetzt nicht überrascht.<< Er greift zum Telefon und gibt einen Befehl durch, den sie nicht versteht.
>> Junge Frau, wir sind hier auf alles vorbereitet, das können Sie mir glauben. Aber kommen wir zu Ihnen, meine Liebe. Ihr Ruf eilt Ihnen voraus, wenn ich das mal so sagen darf. Unser Präsident kommt ja aus seiner Begeisterung für Sie gar nicht mehr raus. Die höchsten Loblieder werden da gesungen. Eine Frage habe ich aber noch, wer ist denn nun Ihr Favorit? Georges oder Leon?<< Lachend übergeht sie die Frage.
>>Womit kann ich Ihnen denn heute Nacht dienen General.<< Sie schaut ihn provozierend an. >>Junge Frau, ich hörte Sie besitzen die

Eigenschaft, älteren Herren zu Jungmännerkraft zu verhelfen, mal sehen, ob Ihnen das auch bei mir gelingt. Aber ich muss Sie warnen, ich bin ein schwieriger Fall.<< Lacht laut auf.
>>Ziehen Sie sich aus.<<
Verwirrt schaut sie ihn an.
>>Hier in diesem Raum?<<
>>Ja, in diesem Raum und legen Sie Ihre Kleidung ordentlich ab, wenn ich bitten darf. << Der freundliche Ton ist einem militärischen Befehlston gewichen.
>>Wenn ich bitten darf alles, und beeilen Sie sich, wir haben nicht die ganze Nacht Zeit.<<
Widerstrebend zieht sie sich aus, sodass sie jetzt nackt nur auf High Heels vor ihm steht. Er betrachtete sie wie ein Stück Fleisch. Sieht nicht die Schönheit ihres Körpers, die sich ihm anbietet. Setzt sich in seinen Sessel und winkt sie zu sich her. Nach zwanzig Minuten, erhebt er sich abrupt und sagt; >>Sie folgen mir jetzt.<< Richtet seine Kleidung und marschiert voraus, öffnet eine weitere Tür und geht in einen großen Konferenzraum. In der Mitte des Raumes steht ein langer, breiter Holztisch auf dem Militärpläne liegen. Um den Tisch stehen einige

Offiziere und starren am General vorbei auf die eintretende Frau. >>Tisch frei machen.<< Zwei Offiziere räumen den Tisch frei. Verängstigt bleibt die Frau stehen.
>>Auf den Tisch mit ihr.<<
Die grinsenden Männer zerren sie mit gewalt auf den Tisch. Auf dem Rücken liegend spürt sie die lüsternen Blicke der Männer förmlich auf ihrer Haut. Der General beugt sich über sie und kommt so in ihr Blickfeld. >>Wir gehen heute Nacht mal in eine andere Richtung meine Liebe. Sie werden meine Stab erfreuen, wenn ich das mal so sagen darf. Aber keine Angst, keiner meiner Männer wird sie unzüchtig berühren. Es sei denn, Sie bestehen darauf. Aber alle werden ihren Spass haben, oder Männer?<< Wie aus einem Mund ertönt; >>Jawohl Herr General.<< >>Männer, wollt Ihr nicht wissen wie viele Männer schon in ihr waren?<< Wie aus der Pistole geschossen kommt die Antwort. >>Unbedingt, Herr General.<< Er spricht sie wieder direkt an. >>Sie hören den Wunsch meiner Offiziere, meine Liebe, verraten Sie uns wie viele Herren haben Sie schon glücklich gemacht? Wahren auch Frauen dabei?<< Sie

schweigt, ängstigt.

>> Jetzt auf Schweigsam machen, dass hören wir aber gar nicht gerne, oder Männer?<< >>Nein, Herr General, das ist negativ, Herr General.<< >>Wie Sie hören meine Liebe, sind meine Männer nicht mit Ihnen zufrieden. Da muss ich ihnen wohl ein anderes Schauspiel bieten. Wenn ich jetzt nur einen Protest oder einen Wehlaut höre meine Beste, lasse ich Sie auspeitschen und glauben Sie mir, das ruft bei mir höchste Erregung hervor. Sehen Sie sich stellvertretend für die weiße Rasse, die uns Schwarze jahrhundertelang ausgepeitscht hat.<< Schlägt sich mit einer Nilpferdpeitsche gegen seine Schaftstiefel. In der Frau kriecht Angst und Panik hoch. Sie liegt auf dem Tisch vor Angst erstarrt. Ihre Hände und Füße werden von den Männern auf den Tisch gedrückt, als die Tür aufgeht und ein Tätowierter im weißen Kittel erscheint. Ihr Kopf geht nach oben und starrt den Mann an. Der zieht hinter sich einen Trolley ins Zimmer. Stellt diesen ab und baut ein Gerät auf. Die Männer klatschen im Rhythmus einer Trommel. Als er sich ihr mit einem blitzenden Rasiermesser nähert, treten ihr vor Furcht die

Augen aus dem Kopf. Ihr Panikschrei wird vom Gegröle der Männer übertönt.

*

Der weiße Polo rast auf den Parkplatz, die Wagentür wird voller Wut zugeschlagen. Die wütende Frau drängt durch die Wachen. Ihren Sonderausweis hält sie verkrampft hoch, damit Sie die Kontrollen am Eingang des Präsidentenpalastes schneller durchlaufen kann. Eilt dann zornig durch die Gänge bis zum Büro des Beraters. Die Sekretärin versucht noch sie aufzuhalten, ohne Erfolg. Das Vorzimmer durchschreitet sie und stürmt ins Büro. Erstaunt blickt Leon auf. Hinter Karin Borghammer erscheint Nina und versucht durch Gesten klarzumachen, dass sie Karin nicht aufhalten konnte. Der Berater des Präsidenten winkt ab. Karin lehnt sich von innen gegen die Tür und hebt ihr Kleid an. Auf ihrem Venushügel, der glatt rasiert ist, prangt ein rotes Herz mit der Inschrift „Isifebe,,.

*

>>Schau Dir diesen Mist an. Das war Dein Freund der General. Gegen meinen Willen, die haben mich praktisch vergewaltigt.<< Vor lauter Wut laufen ihr Tränen übers Gesicht. Schon über ihre Körperhaltung muss Leon lachen. Sie steht mit dem Rücken gegen die Tür gelehnt, ihren Unterleib vorgeschoben, hält sie ihm provozierend ihre Vagina hin. Leon kommt aus dem Lachen nicht mehr raus. >>Mein Gott, Karin ich wusste ja nicht, dass unser großer Heerführer Humor hat.<< Lacht und lacht. Karin blickt ihn verärgert an; >>Dein Freund, der große Heerführer, ist ein perverses Schwein. Der hat mich vor seinen Soldaten tätowieren lassen, alle haben zugesehen und gejodelt. So ein Schwein. Gebracht hat er nichts, nur mir weh getan. Der wollte mich doch ernsthaft auspeitschen lassen. Meinte, ich sollte für alle die Verbrechen der Weißen am schwarzen Mann stellvertretend leiden. Leon, was hast Du dem erzählt? Jedenfalls gehe ich nie wieder zu dem hin. Was heißt denn das Wort „ Isifebe,, überhaupt?<< Lachend rutscht Leon das Wort Hure raus. >>Komm her, ich will das mal in Ruhe

betrachten und anfassen. Wie fühlt sich denn jetzt die Haut an?<< Fragt er grinsend. Sie lässt den Saum fallen und eilt aus dem Zimmer. Rennt wutentbrannt die Gänge entlang. Vor dem Lift bleibt sie stehn, blickt auf die Anzeigetafel. Als der Lift vor ihr hält, entschließt sie sich dann spontan in das Präsidentenstockwerk hochzufahren. >>Na wartet ihr Schlaumeier, ich kann auch anders.<<

*

Nach endlosen Diskussionen mit den Wachen und dem Sekretariat schafft sie es ins Büro des Präsidenten. Sie betritt das große Büro. Eine Edelholzverkleidung zieht sich über Decke und Wände. Tiertrophäen hängen an den Wänden. Hinter einem riesigen Schreibtisch sitzt Präsident Georges Moussono und schaut sie neugierig an. >>Womit, meine Liebe kann ich Dir helfen? Bitte komme zu Sache meine Zeit ist leider begrenzt.<< Sie lässt sich unaufgefordert in den Besuchersessel fallen. Sitzt ihm so gegenüber. >>Schau, dass habe ich nur für Dich machen lassen, seit Du in mir warst, lässt mich der

Gedanke an Dich feucht werden.<< Greift an ihren Kleidersaum und zieht ihn langsam hoch. Als der Saum über ihren Venushügel gleitet und das rote Herz freigibt öffnet sie ihre Schenkel. Er muss sich weitvorbeugen, um über den Schreibtischrand ihre Schenkel zu sehen. Verdutzt blickt er auf das Herz. Sie erhebt sich, kommt ihm langsam mit angehobenen Kleid entgegen. Er starrt wie verhext auf das rote Herz, unfähig sich zu rühren. Mit beiden Händen auf seinen Schreibtisch gelehnt verfolgt er regungslos ihr Vorgehen. Sie geht vor ihm in die Knie, öffnet seine Hose, drückt ihn wieder in seinen Sessel zurück und setzt sich auf ihn. Als er in ihr hochsteigt flüstert sie ihm ins Ohr. >>Mach mich zu Deiner Hure, verkauf mich öffentlich, benutze mich wie Du willst, aber bleib für immer in mir. Ich kann Leon nicht mehr ertragen. Du gibst mir, wonach ich mich immer gesehnt habe. Sei mein Herr und Gebieter.<< Wild aufbäumend pressen sich seine Lippen an ihren weißen Busen und er ergießt sich in ihr. Sie verändert ihre Stellung, so dass er sich nicht zurückziehen kann. Nach einigen Minuten erwacht seine Manneskraft erneut und sie überlässt ihm die Führung. Das Liebesspiel geht über Stunden in seinem Büro. Ermattet hängen beide dann auf dem Sessel und ringen nach Luft. Georges Moussono blickt erschreckt auf die Uhr. >>Mein Gott, meine Termine. Du musst gehen.<< Schiebt sie unsanft von sich und ordnet seine Kleidung. >>Wo ist Dein Bad Georges, ich laufe von Dir aus.<< Er winkt mit dem Kopf zur Seite. Sie verschwindet im Bad. Hastig ordnet er seine Papiere auf dem Schreibtisch. Als sie zurück aus dem Bad kommt ist er verschwunden. Zufrieden lächelnd verlässt auch sie das Büro, geht an den Wachen vorbei und steigt noch immer lächelnd in den Lift.

*

Im Büro des Geheimdienstchefs Cedric Boussoughou klingelt das Telefon. Er nimmt das Gespräch entgegen. Eine Stimme bittet ihn genau zuzuhören. >>Wir haben die Aufnahmen mehrfach gefiltert. Leider sind die Nebengeräusche sehr stark, aber der Text ist zu verstehen.<< Als sich der Geheimdienstchef das Band mehrfach hat vorspielen lassen, beendet er das Telefonat, lehnt sich entspannt zurück und murmelt; >>Diese Hure, die.<<

*

Leicht verärgert ruft Leon Numbong den Armeechef Mbala Lualua an. >>Mbala, ich hatte gerade eine äußerst interessante Vorführung, die ich Dir zu verdanken habe. Karin zeigte mir Dein Werk. Ich spreche von dem roten Herz zwischen ihren Beinen. Ging das nicht diskreter?<< Am anderen Ende der Leitung ein kehliges Lachen. >>Ha, ha, Leon, hat es Dir gefallen? Aber mal zur Wahrheit, Nutte bleibt Nutte, egal auf welchem Niveau. Außerdem sieht es doch gut aus, das muss Du doch zugeben, oder nicht?<< >>Ja, aber musste das vor all Deinen Offizieren sein? Jetzt ist sie verärgert und steht Dir nicht mehr zur Verfügung.<< Lachend antwortet der General; >> Wer bestimmt das denn, sie? Hat Dich die Hure an den Eiern mein Lieber. Wir haben eine Vereinbarung und die gilt, da wird keine Rücksicht auf eine weiße Hure genommen, oder sehe ich das nicht richtig. Außerdem musste ich meinen Männern eine kleine Schau bieten, auf die kommenden Ereignisse sozusagen. Die sind jetzt richtig geladen und wollen losschlagen. Wie weit bis Du denn? Aber lass mich mal in meinen Terminkalender schauen. Einen Moment. Ja, ich erwarte das „Herzchen‚‚ morgen Abend bei mir. Sag ihr, ein Jeep holt sie ab. Ach ja, sag ihr auch, das mit dem Herz, da hat sie noch Glück gehabt, ich hätte ihr das Wort „Isifebe‚‚ auch auf die Stirn tätowieren lassen können.<< Als Leon etwas erwidern will, hat der General schon aufgelegt. Er steht auf und geht in seinem Büro auf und ab. >>Irgendetwas läuft mir aus dem Ruder. Ich spüre das. Liegt das an Karin oder bin ich wegen der Verschwörung übernervös?<< Er geht an Nina vorbei und verlässt das Büro. So bekommt er auch nicht mit, dass seine Sekretärin, die Nummer des Geheimdienstchefs wählt.

*

Der Jeep hält mit quietschenden Reifen vor dem Hochhaus. Die Rue Pecqueur in der Innenstadt von Libreville füllt sich mit den Bewohnern, die jetzt ihre Häuser verlassen um einzukaufen und die Kühle des Abends zu genießen. Der Fahrer, ein junger, hoher Offizier, springt leichtfüßig aus dem Fahrzeug und geht strammen Schrittes auf den Eingang zu. Klingelt auf dem Hinweis 6 D. Der Türöffner brummt. Er drückt die Tür auf und geht auf den Lift zu. Oben vor der Wohnung stellt er fest, dass die Tür nur angelehnt ist. >>Bitte kommen Sie herein, ich bin gleich fertig.<< Er betritt den Flur, sieht sie nackt vor dem Spiegel im Bad stehen und will zurück in den Hausflur. >>Noch nie eine nackte weiße Frau gesehen Soldat? Dann wird es aber Zeit.<< Sie zieht sich einen schwarzen Slip über und schaut wieder in den Spiegel. >>Wie ist Dein Name Soldat? Schau mich genau an.<< Sie dreht sich langsam um, bietet sich seinen wollüstigen Blicken an. Ihre Brüste stehen hart ab. >>Das kann Dir alles gehören, mein Lieber, aber natürlich nicht umsonst. Eine Frau wie ich stellt Ansprüche. Aber dazu später, jetzt bringst Du mich zu Deinem Chef.<< Geht mit leichten Schritten ins Schlafzimmer und zieht sich ein helles Kleid über. Verwirrt verlässt der Offizier die Wohnung und fährt zum Eingang runter. Unten im Jeep wartet er auf Karin.

Oben in der Wohnung lächelt Karin geheimnisvoll, nach dem sie bemerkt hat, dass dem Soldat die Kontrolle über sein Geschlechtsteil verloren ging, es enorm die Uniformhose ausbeulte. »Mal sehen, was ich mit Dir noch anstellen kann.« Greift sich ihre Tasche und verlässt ihre Wohnung. Unten im Jeep blickt sie den Offizier provozierend an.
>> Soldat, Deinen Namen bitte, Du hast vergessen Dich vorzustellen?<< Hastig stammelt er ; >>Mein Name ist Capitaine Etepe Mulongoti, Madam.<< Verlegen gibt er hastig Gas. Der Jeep schießt die Straßen lang und ordnet sich erst nach einigen Metern in den normalen Verkehrsstrom ein. Nach kilometerlanger Fahrt hält der Jeep vor einem Schlagbaum, der die Einfahrt zu einem Kasernengelände versperrt. Etepe hält seinen Militärausweis hoch und die Wachmannschaften lassen ihn grüßend passieren. Neugierig blicken sie hinter dem Jeep her. Eine weiße Frau zu der Zeit ist ungewöhnlich. Als der Jeep vor der Kommandantur hält, zieht Karin sich ihren Slip aus und wirft ihn auf den Beifahrersitz.
>> Capitaine Mulongoti, achten Sie bitte auf das

gute Stück, es ist von „La Perla,, und sehr teuer.<< Verstört und gleichzeitig fasziniert starrt er auf den winzigen schwarzen Slip, der seinen Blick magisch gefangen hält. Sie geht schon die Treppen zum Gebäude hoch, als er sich von dem Anblick losreißt und ihr folgt.
Die Kommandantur ist ein nüchternes Militärgebäude. Vor Jahren weiß gestrichen, jetzt platzt die Farbe an vielen Stellen ab. Nur die beiden Flaggen rechts und links vom Eingang geben dem Gebäude eine Wichtigkeit.
>>Madam, bitte nehmen Sie hier Platz, ich melde Sie dem General.<< Karin schaut sich um. Die kleine Halle, von der mehrere einfache Türen abgehen, ist schmucklos wie alle militärischen Anlagen. Die Stühle aus Metall sind unbequem. Sie setzt sich und starrt auf das Porträt des Präsidenten, das als einziges Bild überdimensional im Raum hängt. Capitaine Mulongoti verschwindet in einer der Türen. Die Zeit vergeht. Offiziere kommen und gehen, bis sich eine der Türen öffnet, der General mit seinem Stab von Offiziere erscheint und eilig den Raum durchquert. Karin erhebt sich und will auf ihn zugehen. Er blickt sie nur kurz an, geht aber

ohne Gruß an ihr vorbei und verlässt das Gebäude. Empört wendet sie sich einem der Offiziere zu. >>Sie warten hier.<< Eilig verlässt auch er den Saal. Es ist weit nach Mitternacht als sie sich erhebt und ohne sich abzumelden die Kommandantur verlässt. Vor der Wache am Schlagbaum trifft auch Etepe mit dem Jeep ein. >>Steigen Sie ein, ich fahre Sie nach Hause. General Lualua lässt sich entschuldigen, aber wichtige Entscheidungen machen es ihm nicht möglich Sie zu empfangen.<< Sie schiebt sich auf den Sitz, sagt; >>So ein Arsch, das bereut er noch.<< Da sie das in Deutsch gesagt hat, schaut Etepe von der Straße hoch, sie an. Lachend sagt sie jetzt; >>Dann mein lieber Etepe müssen Sie die Aufgaben ihres Generals übernehmen. Ha, ha gut, dass Sie mich nicht verstehen.<<

Vor dem Haus in Libreville kramt Etepe verlegen in seiner Tasche rum. >>Sie bringen mich doch noch bis vor die Wohnungstür? Ich fürchte mich nachts allein im dunkeln Flur.<< Er nickt schweigsam. Nur seine austretenden Schweißperlen auf der Stirn verraten seinen Stress. Sie fahren gemeinsam im Lift nach oben.

Obwohl der Aufzug temperiert ist läuft beim Capitaine der Schweiß. Amüsiert lächelt Karin in sich rein. Vor der Wohnungstür will sich Capitaine Etepe verabschieden. >>Einen Augenblick, Herr Soldat, ich glaube Sie haben noch etwas vergessen. Bitte nehmen Sie solange Platz, ich bin sofort wieder da.<< Er geht auf das Sofa zu, sie verschwindet im Bad. Als sich nach einigen Minuten die Badtür öffnet, fallen dem Capitaine schier die Augen aus dem Kopf. Nackt, nur mit High Heels betritt Karin das Wohnzimmer. Er lockert sich unbewusst seinen Hemdkragen. Ihr rotes Tattoo strahlt ihm entgegen. Ungläubig kann er seinen Blick nicht vom Unterleib Karins lösen. Starrt wie gebannt auf das rote Herz. Sie geht auf ihn zu und setzt sich neben ihn. Sein Gesicht kann die Gier nach ihr nicht mehr verbergen. >>So jetzt klären wir, wie weit Ihre militärischen Aufgaben gehen Capitaine Mulongoti. Wenn nicht übernehme ich die Befehlsgewalt in diesem Fall.<<

***

Verrat

Leon Numbong hat sich seit Tagen nicht gemeldet. Auch ihre Anrufe auf sein Handy lassen nur die Ansage anspringen. >>Bitte sprechen Sie.<< Als drei Wochen vergangen sind und keine Rückrufe, kein Besuch mehr bei ihr erfolgte, ergreift sie die Initiative. Sie geht an ihren Kleiderschrank und sucht sich etwas luftiges, modernes zum Anziehen raus. Schminkt sich dezent. Fährt vor den Präsidentenpalast, durchläuft die Kontrollen und geht auf sein Büro zu. Sie klopft an und Nina die Sekretärin bittet sie herein. >>Wo kann ich Herrn Leon Numbong erreichen?<< Die Sekretärin blickt sie abschätzend an. >>Das darf ich Ihnen nicht sagen, das unterliegt der Geheimhaltung. Es tut mir leid.<< Lächelt leicht.
>>Ihr Name ist doch Nina, richtig? Gut dann muss ich eben zum Präsidenten gehen, der kann ja die Geheimhaltung aufheben.<< Schickt sich an, das Sekretariat zu verlassen. >>Herr Numbong befindet sich auf einer Handelsmission

in Europa. Außerdem besucht er seine Verlobte Comtessa Francoise de Auvergue-Lauritus in Paris, um mit ihr die anstehende Hochzeit zu besprechen. Wann er wieder im Land ist weiß ich leider nicht. Sind Sie denn nicht informiert?<<

Als Karin blass wird und wie versteinert das Büro verlässt, sagt Nina schadenfroh hinter ihr her. >>Das Du Hure, gönn ich Dir.<<

Karin geht wie unter Drogen gehetzt die Gänge des Palastes lang. Steigt in ihr Auto und fährt nach Hause. Weint und tobt stundenlang in ihrer Wohnung. Lässt sogar den angesetzten Unterricht absagen. Erst nach einigen Tagen fühlt sie sich wieder in der Lage das Haus zu verlassen. Ihre Enttäuschung und ihr Leid ist in Wut und Rachegedanken umgeschlagen. Sie sieht blass und mitgenommen aus.

*

Karin hat gerade ihren Unterricht beendet, die Studenten bedanken sich höflich bei Ihr und verlassen den Unterrichtsraum, als ihr Handy klingelt. Sie sieht, dass es Leon ist der anruft.

>>Karin,ich bin wieder zurück, können wir uns sehen? Wir haben einiges zu besprechen.<< Lacht kehlig auf. >>Ja, hast Du denn überhaupt noch Zeit vor Deiner Hochzeit mit der Comtessa?<< Eine Pause entsteht. >>Darüber reden wir heute Abend.<< Der Anruf ist beendet.

*

Spätabends, hört Karin das ihre Wohnungstür geöffnet wird. Erhebt sich aus ihrem Sessel und geht zum Flur. Im Flur steht Leon mit einem Blumenpaket. >>Schön, dass Du noch auf mich gewartet hast.<< Er geht auf sie zu und will sie küssen. Geschickt dreht sie sich weg. >>Die Blumen kannst Du gleich wieder mitnehmen oder noch besser, schenke sie Deiner Verlobten.<< Lässt ihn stehen und geht ins Wohnzimmer zurück. Er folgt ihr, legt die Blumen auf den Tisch und setzt sich. >>Wenn ich schon keinen Kuss bekomme, aber etwas zu trinken hast Du doch noch für mich? In unserem Land legen wir größten Wert auf Gastfreundschaft, wie Du weißt. Komm setz Dich zu mir, ich glaube ich bin Dir eine

Erklärung schuldig. Wer hat Dir das mit der Comtessa überhaupt erzählt?<< Karin schüttelt den Kopf. >>Nein mein Lieber, wir unterhalten uns so. In Deutschland hätte ich Dich gar nicht erst empfangen. Ich bin tief enttäuscht von Dir. Ich lasse mich von Dir zur Hure machen, trenne mich von meinem Mann und was machst Du? Du hintergehst mich mit einer „Comtessa sowieso,, das ist Mist Leon, großer Mist. Von den Aktionen mit Deinen sogenannten Freunden will ich hier gar nicht erst reden.<< Leon beugt sich weit zur ihr hin. >>Karin bitte höre mir zu. Es ist für uns beide sehr wichtig. Das mit der Comtessa de Auvergue-Lauritus ist eine reine politische Angelegenheit. Ihr Vater ist einer der führenden Industriellen, der mit unserem Land wichtige Geschäfte macht. Durch die Verbindung versuchen wir, ihn an unser Land zu binden. Und von einer Heirat ist noch lange keine Rede. Wer hat Dir bloß den Unsinn erzählt?<<
>>Das mein lieber Leon, verdankst Du deiner Sekretärin, der Nina. Der hat man die Schadenfreude schon von weiten angesehen.<<
>>Na, die kann sich auf was gefasst machen. Geheimnisverrat ist so etwas bei uns. Aber

sprechen wir lieber über uns, das ist viel wichtiger als eine eifersüchtige Sekretärin. Hast Du nie gespürt, dass ich Dich liebe Karin. Schau Dich an, intelligent und schön, das bist Du für mich. Außerdem ist Francoise lange nicht so sexy und hübsch wie Du.<<
>>Scheiße Leon, aber Deinen Spass auf ihr hast Du doch, oder?<< Lachend sinkt Leon wieder nach hinten. >>Aber nur weil ich mir vorstellen muss, dass Du das bist meine Liebe. Eines Tages, dass verspreche ich Dir, mache ich Dich zur Königin von Gabun.<< Er merkt, dass seine Worte, sie weich werden lassen. >>Karin, ich haben einen harte Tag hinter mir, ich gehe duschen. Bitte mixe mir einen Drink.<< Erhebt sich und geht ins Bad. Sie hört das Wasser rauschen und wie es wieder abgestellt wird. Nach einigen Minuten öffnet sich die Tür und er kommt mit erigierten Glied aus dem Bad. Sie starrt ihn an. >>Komm jetzt, ich will Dich, oder was glaubst Du warum ich gekommen bin.<< Nimmt sie an die Hand und geht ins Schlafzimmer mit ihr. Wortlos fügt sie sich seinen Wünschen. Sie merkt nicht wie ihr Hass in sexuelle Gier umschlägt.

Am Morgen als sie aufwacht, ist er gegangen. Sie rekelt sich wohlig im Bett. „Du bist ein Schwein Leon, aber eins kannst Du gut, mich schön besiegen.‚‚

*

Die Studenten strömen aus dem Unterrichtsraum. Karin packt sorgsam ihre Bücher und Papiere in ihre Aktentasche. Schaltet dann das Licht aus und steht auf den Gang. Ein Uniformierter kommt auf sie zu und spricht sie an. >> Frau Borghammer, ich soll sie zu unserem Präsidenten bringen, bitte folgen sie mir.<< Verwirrt geht sie hinter dem Fahrer her. Vor dem Gebäude steht der Bentley vom Präsidenten. Die Tür geht auf sie steigt ein. Sie fühlt sich gleich auf dem hellen Ledersitz wie zu Hause. >>Karin, Du bist auf dem richtigen Weg. Mach die Männer zu Deinen Sklaven. Sauge sie aus wie eine Spinne. Bring sie zum Wahnsinn, dann bekommst Du alles was Du willst. Zeige ihnen den Himmel, aber belass sie in der Hölle. In der Hölle der Hoffnung, des Wartens und der Ungeduld.<< Zufrieden mit sich selbst, sieht sie den Urwald an sich vorbeiziehen. Vor der Privatvilla des Präsidenten hält der Wagen sanft an. Die Tür wird aufgerissen und der Fahrer sagt; >>Der Präsident erwartet Sie Madam.<< Sie geht durch die hell erleuchtete Eingangshalle auf die große Treppe zu.

>>Schön Karin,dass Du noch kommen konntest, ich wollte heute mit Dir in Ruhe essen. Dann können wir es uns noch gemütlich machen. Natürlich nur wenn es Deine Zeit erlaubt.<< Sie steigt die Treppe zu ihm hoch. Umarmt ihn herzlich. >>Danke für Deine Einladung Georges, Du glaubst nicht was ich für Hunger habe und nicht nur auf das Essen. Aber ich muss mich schnell noch frisch machen mein Lieber. Du wartest doch auf mich oder?<< Lachend zeigt er ihr das Bad.

*

Bei Tisch sitzen die beiden sich gegenüber. Essen schweigsam. >>Wir beide hatten heute wohl einen anstrengenden Tag, ich werde Dich ein wenig aufmuntern Georges.<< Lacht ihn sexy an. >> Wenn Du mich untern Tisch

berührst, wirst Du feststellen, dass kein Stück Stoff Dir im Weg steht. Nur heiße Erwartungen warten dort auf Dich.<<
Sie sieht zufrieden, wie ihre Worte Lust in seine Augen bringt. >>Aber erst müssen wir noch etwas besprechen. Die Situation mit Leon.<<
Sie legt das Essbesteck zur Seite, erhebt sich und lässt ihre Hand über seinen Rücken gleiten. Setzt sich dann in einen der Sessel. Achtet genau darauf, dass ihr Kleidersaum sehr kurz ist. Sodas ihre langen Beine, die sie züchtig nebeneinander legt, nicht alles freigeben. Auch er erhebt sich jetzt vom Tisch, setzt sich ihr gegenüber und starrt ihr auf die Beine. >>Was ist mit meinem Freund Leon?<< Provozierend schlägt sie langsam ihre Beine übereinander, lässt ihn hoffen einen Blick unter ihr Kleid zu bekommen. >>Ich will Rache, dafür tue ich alles was Du verlangst. Nur gib mir die Zeit und zeige mir einen Weg, mich an ihm zu rächen. Der Hass frisst mich sonst auf.<< Erstaunt blickt Georges sie an. >>Aber Du weißt er ist ein treuer Freund. Ich kann nicht zulassen, dass ihm Schaden zukommt, Karin. Er ist sehr wichtig für unser Land. Nur, wenn er ein Verräter wäre müsste ich

handeln. Vergesse die Sache, es ist wie er sagt alles politisch. Strafe ihn in dem Du Dich ihm verweigerst und Dein Glück bei mir findest.<< Enttäuscht reagiert sie; >>Dann bleibe ich bis Morgen früh bei Dir, das wird ihn sicher ärgern.<< Komm entspann Dich. Hier trink das, es wird Dir guttun. Bis Morgen geht leider nicht, ich habe früh Termine.>> Reicht ihr ein volles Glas. >>Termine, Termine, ich höre nur Termine, wo bleib ich? Stellt Ihr alles unter Eure Termine, was kann wichtiger sein als die Liebe? Sage es mir Georges? Du kennst Dich doch mit Frauen aus. Wo verlieren wir Frauen bei Euch Männern den Reiz?<< Der lächelt nur. Er steht auf und zieht sich aus. Seinen Anzug lässt er achtlos auf dem Teppich liegen. Kommt um den Sessel herum auf sie zu. Seine Körperteile werden immer größer. Sie hört sich selbst sagen; >> Georges, nein, wir müssen erst sprechen.<< Die Farben verändern sich. Sie sieht, dass eine Hand ohne einen Körper sie entkleidet. Ein riesiger schwarzer Körper ihr das Licht nimmt. Spürt, dass eine teuflische Lust in ihr aufsteigt und ihren Kopf explodieren lässt. Ihre Stimme im Kopf, die zu ihr selbst spricht; >>Ich strafe dich mit Wahnsinn. Mit dem Wahnsinn der mich verfolgt, wenn ich an Dich denke. Immer wenn mich die Lust übermannt, sehe ich Dich. Wahnsinn einfach Wahnsinn.<< Ihre Stimme wird dunkel wie die eines Mannes. Wie die Stimme Georges. >>Wahnsinn ja, nimm mir all meine Kraft und überlass mich dem Wahnsinn.<< Sie steigt auf in eine Lichtwolke aus Lust. Schaut nach unten, sieht dort einen Kampf zwischen zwei Leibern, die schreien, jammern, lachen, weinen. Keine der Stimmen erkennt sie. Sie erkennt nur, dass der eine Leib weiß, der andere schwarz ist.

*

Als sie erwacht, sitzt Leon neben ihr auf ihrem Bett.>>Weißt Du wie spät es ist Karin?<< Benommen richtet sie sich auf. >>Was machst Du hier?<< Leon steht vom Bett auf, geht nervös im Schlafzimmer umher. >>Karin, es ist 19 Uhr, ich habe ständig versucht, Dich zuerreichen. In allen Zimmern brennt Licht. Dein Auto steht unten und Du gehst nicht ans Telefon. Ich habe mir Sorgen gemacht. Und wie ich sehen muss zu recht. Wo warst Du?<< Karin steht auf und latscht in die Küche; >>Durst, ich habe nur Durst.<< Greift sich eine Mineralwasserflasche aus dem Kühlschrank und trinkt sie gierig aus. Als sie diese absetzt, muss sie kräftig rülpsen. >>Ha, ha, das war aber nicht ladylike, meine Dame.<<

>>Das mache ich anders wieder wett.<< Mit hängendem Kopf schlürft sie wieder zum Schlafzimmer. Fällt nach vorn aufs Bett, liegt breitbeinig auf den Laken. >>Lass mich allein, ich muss mich erholen. Geh jetzt bitte.<< Verärgert will ihr Leon antworten, aber der Anblick des nackten Unterleibs vertreibt seinen Ärger. Sein Mund wird trocken, sein Penis hart. Er geht ins Wohnzimmer, zieht sich aus und kehrt in Schlafzimmer zurück. Sie liegt noch immer bäuchlings überm Bett. Atmet entspannt und regelmäßig. Er tritt leise hinter sie, fast ihren Beine fest an und dringt brutal in sie ein. >>Leon bist Du verrückt, lass mich.<<

>>Ja Du Hure, ich bin verrückt nach Dir. Ich hatte Dich noch nie als Schlampe, Du Hure.<< Seine Bewegungen sind hart und unnachgiebig. Nach einigen Minuten des Protestes, kommt ihr

Unterkörper ihm fordernd entgegen. Das Karussell der Lust dreht sich immer schneller. Zum Schluss liegen beide erschöpft auf dem Bett.

Er steht vorsichtig auf und geht ins Bad. Das Wasser erfrischt ihn. Gerade als er das Bad verlassen will kommt sie. >>Mein Gott, Leon bin ich kaputt. Was macht ihr Männer nur mit mir, ich hätte bei meinem Mann bleiben sollen. Da hatte ich meine Ruhe.<< Leon lacht. >> Ruhe ja, das war doch eine Friedhofsruhe. Du warst doch schon ausgetrocknet, meine Liebe, weißt Du das nicht mehr?<< Er schiebt sie unter die Dusche. Allmählich kehren ihre Lebensgeister zurück. >>Habe ich einen Hunger. Wie sieht Deine Zeit aus, lädt Du mich zum Essen ein?<< Grinsend starrt er auf ihren Venushügel. >>Ja, aber nur, wenn ich Dich nachher rasieren darf. Deine Herz wächst zu.<< Sie schaut nach unten und zieht ihren Bauch ein.>> Tatsächlich, aber erst nach dem Essen, versprich, dass Du es beim rasieren belässt.<< Jetzt grinst sie.

*

Im Bad sprüht er ihren Venushügel mit Rasierschaum ein. Versucht sie zu rasieren. >>Komm, hier geht das schlecht, setz Dich aufs Bett, da klappt es besser.<< Als sie sieht wie er mit dem blanken Rasiermesser kommt, ergreift sie die Angst. Die Angst vor dem Messer. >>Entspann Dich, ich tue Dir nicht weh.<< Sie rutscht ein Stück aufs Bett. >>Vorsicht, um Himmelswillen Vorsicht. Da ist doch die Haut superempfindlich, Leon.<< Er schabt vorsichtig Schaum und Haare ab. Sie stöhnt wohlig auf. Liegt jetzt entspannt mit geschlossenen Augen auf dem Bett. >>Mann Leon, das beherrschst Du aber auch gut. Das ist ein Gefühl als wenn Du mit Deiner Zunge rüber gehst.<< Sie fühlt die Lust in sich hoch kommen. Als sie ihre Augen öffnet liegt das Rasiermesser neben ihr. Sein Kopf zwischen ihren Beinen.
Das Karussell kommt in Bewegung. Schneller, immer schneller werden die Bewegungen. Spitze Schreie wechseln mit dumpfem Aufstöhnen. Die Zeit verliert ihre Bedeutung.

*

Als beide wieder zu Atem kommen, fragt Leon sie;>>Karin, was ist mit Georges? Gefällt Dir unser Präsident besser als ich? Wieso will er Dich ständig sehen? Was machst Du mit ihm? Er ist sonst schnell von den Damen bedient, aber bei Dir läuft das anscheinend anders.<<
Karin liegt auf dem Bauch und murmelt ins Kissen. >>Frag ihn doch selbst. Ihr Männer redet doch ständig über uns Frauen.<< Beim Erheben aus dem Bett flüstert Leon zu sich: >> Lassen wir ihm den Spass, lange gibt es ihn ja nicht mehr.<< Schlägt hinter sich die Badtür zu. Nachdem er wieder im Zimmer ist und sich ankleidet fragt ihn Karin; >>Leon, wie meintest Du das eben?<< Er schaut nur verächtlich zur Seite und zieht sich weiter an. Sie springt aus dem Bett und stellt sich vor die Tür. >>Komm Leon, was ist los? Habe ich einen Fehler gemacht? Ich habe alle Deine Wünsche erfüllt. Mit Deinen Freunden geschlafen, damit Du Deine Rechte durchsetzen konntest. Also was heißt das jetzt, so lange es ihn noch gibt? Bist Du etwa eifersüchtig?<< Leon lacht gequält auf. >>Das heißt meine liebe Karin, dass Du Dir genau

überlegen solltest wo Dein Vorteil liegt. Nicht, dass Du aufs falsche Pferd setzt, wie man bei Euch in Deutschland sagt. Denn unseren geliebten Präsidenten gibt es bald nicht mehr. So, das behältst Du aber für Dich, sonst bist Du schneller bei den Krokodilen als Dir lieb ist.<< Verärgert geht er aus der Wohnung. Kein Abschiedswort, keine liebe Geste, kein Blick.

*

Karin geht zu ihrem Bett, fällt rückwärts auf das Laken. Muss den Schreck erst verdauen. Lange liegt sie noch wach. Nach und nach werden ihr seine Worte klar. Somit auch ihre Situation.
Sie überlegt: >>Entscheidung, nein heute Nacht nicht. Das muss ich mir mehr als gut überlegen. Aber welche Chancen habe ich bei Leon, keine, wenn ich ehrlich zu mir bin. Ich bin und bleibe seine Hure. Außerdem hat er mich belogen und betrogen mit dieser Comtessa. Kommt und geht wie er will. Eines Tages schiebt er mich als Liebhaber ab. Nein, Leon nicht mehr.
Georges, der hat schon Frauen. Auch bei ihm bin ich nur die Hure. Aber er ist geil auf mich. Wenn

er mich sieht, kann er nicht widerstehen. Gut, bei ihm kann ich mir noch den kleinen Capitaine Etepe halten. Der ist Wachs in meinen Händen. Mit den beiden, das sollte ich schon hinbekommen. Zur Not versuche ich es noch mal mit Helmut. Wenn die Langweile kommt, kommt eben Etepe.<< Erst gegen Morgen schläft sie ein.

*

>>Cedric, komme bitte sofort rüber in mein Büro, es ist sehr ernst.<<
Bevor Geheimdienstchef Boussoughou nachfragen kann ist die Leitung schon tot. Schwerfällig erhebt er sich und verlässt mürrisch sein Büro. Denkt sich; >> Welche Panik reitet ihn heute wieder? Immer, wenn er Verschwörungen oder Verrat wittert, muss ich antanzen. Seine Manien bringen ihn noch um und mich zum Wahnsinn.<< Er geht an den „Schwarzen Löwen,, der Leibwache, vorbei ins Vorzimmer des Präsidenten. Versucht, von der Vorzimmerdame eine Information zu erhalten. Die flüstert ihm nur zu; >>Die weiße Hure ist bei ihm.<< Sie meldet ihn an. Sekunden später stürzt Präsident

Moussono aufgebracht seinem Geheimdienstchef entgegen.

>>Cedric, Du glaubst es nicht, wir haben einen Verräter unter uns.<<

Seine Ansprache kommt in Fang nicht in Französisch. >>Hör Dir an, was Frau Borghammer zu sagen hat. Ich hab es nicht glauben wollen.<< Setzt sich jetzt zurück in seinen Schreibtischsessel. Karin Borghammer sitzt in einem der Besuchersessel an einer Wand. Cedric nimmt Platz vor dem Schreibtisch, dreht sich dann zu Karin hin. Begrüßt sie aber nicht. Erst jetzt zeigt er Interesse an ihr.>>Erzählen Sie mir was unseren Präsidenten so verunsichert, Frau Borghammer. Wenn es geht sehr genau.<< Karin schaut ihn scheu an. Sie spürt, dass er sie ablehnt und misstrauisch ihr gegenüber ist.

>> Gestern Abend war Herr Numbong bei mir zu Gast. Im Laufe des Abends kam auch das Gespräch auf Präsident Moussono.<<

Der Geheimdienstchef unterbricht Karin und sagt; >>Den genauen Wortlaut bitte und wieso sprechen sie über unseren Präsidenten?<< Karin schweigt eingeschüchtert. >>Frau Borghammer, antworten Sie mir. Ich kann Sie auch zur

Aussage zwingen. Glauben Sie mir, unter meiner Befragung gestehen Sie alles.<< Jetzt mischt sich auch der Präsident ein. >>Karin, ganz langsam, wiederhole nur was Du mir erzählt hast.<< Karin wendet sich zu ihm hin. >>Leon sagte zu mir, ich solle nicht auf das falsche Pferd setzen, denn Georges gibt es bald nicht mehr. Wenn ich das verrate lande ich bei den Krokodilen. Genau das hat er gesagt.<< Erstaunt blickt Cedric Georges an. Fragt ihn in der Fangsprache; >>Und Du glaubst ihr?<< >>Natürlich glaube ich ihr. Ich schicke jetzt meine Löwen los und lasse Leon festnehmen. Du sicherst mit Deinen Leuten alles weitere ab. Wer weiß wie weit die schon sind. Ich rufe gleich noch General Nouzaret an, der ist mir verpflichtet und steht zu uns. Wir brauchen jetzt jede Hilfe, Cedric. Du übernimmst die Führung. Last mich jetzt allein, ich muss mit dem elenden Verrat von Leon fertig werden.<< Der Geheimdienstchef erhebt sich, geht zu Frau Borghammer und reißt sie mit Gewalt aus den Sessel. >>Sie kommen mit.<<

*

Das Telefon im Sekretariat des Beraters klingelt. Nina hebt ab und ihre Augen weiten sich vor Angst. Fluchtartig, ohne eine Nachricht zu hinterlassen, stürmt sie aus dem Büro. Eilt ins Treppenhaus und rennt die Treppen runter bis ins Freie. Läuft voller Panik weiter bis zur nächsten Bushaltestelle und springt in den wartenden Bus. Erst als sie in dem total überfüllten Bus steht, bemerkt sie, dass dies nicht ihre Richtung ist.

*

Nachdem Leon mehrfach versucht hat seine Sekretärin zu erreichen, geht er ins Sekretariat. Verwundert schaut er sich um. Ihr Arbeitsplatz ist leer, Papiere liegen ungeordnet herum. Normal meldet sie sich bei ihm ab, wenn sie ihren Arbeitsplatz verlässt. Kopfschüttelnd schaut er noch ins kleine Bad. Keine Nina zusehen.
Gerade als er wieder in sein Büro zurückkehren will, hört er auf dem Flur Bewegungen. Instinktiv greift er in seiner Tasche nach dem Notrufsender. Das kleine dünne Gerät befindet

sich immer in seiner rechten Hosentasche. Die Tür vom Sekretariat fliegt mit einem Krachen auf, vier Soldaten und ein Offizier der „Schwarzen Löwen‚‚ stürmen ins Zimmer. Leon weicht erschreckt zurück, drückt aber noch die Notruftaste.
>>Leon Numbong, ich verhafte Sie wegen Hochverrats. Bitte kommen Sie mit.<<
Der Offizier nickt seinen Leuten zu. Die umkreisen Leon. >>Was bitte soll das? Wer hat das angeordnet?<< Mit weit abgestreckten Händen geht Leon auf den Offizier zu. Ein Schlag mit einem Gewehrkolben lässt ihn zu Boden gehen. Die Soldaten überwältigen ihn, fesseln seine Hände auf den Rücken und schleppen ihn in den Lift. Er hört im Aufwachen wie der Offizier den Befehl gibt; >>In den Keller mit ihm. Das zweite Verhörzimmer wartet.<<

*

>>He lassen Sie das.<< Verzweifelt versucht Karin, sich aus dem brutalen Griff des Geheimdienstchefs zu befreien. >>Die Zeiten meine Liebe von Samt und Seide sind hiermit

vorbei. Sie wandern jetzt nach unten in den Keller. Dann werden wir beide uns unterhalten. Ich bin sehr gespannt Madam, wie Sie versuchen werden mich rum zu kriegen. Eins kann ich Ihnen aber schon versprechen, es wird heiß. Heiß und schmerzhaft, und vielleicht warten am Ende die Krokodile.<< Angstvoll schaut Karin hoch.>>Ich verlange meine Botschaft zu sprechen, dies ist mein gutes Recht. Was wollen Sie von mir. Ich habe doch Georges gewarnt. Ich will sofort mit Georges sprechen.<< Grinsend übergibt Cedric Karin an einen der Schwarzen Löwen. >>Bringt sie in den Keller, um die kümmern wir uns später.<< Zu Karin gewandt; >> Sie Madam, werden sich erst mal einig mit wem Sie sprechen wollen. Mit Ihrer Botschaft oder mit Georges?<< Schreiend vor Protest schleppt der Soldat sie in den Lift.
Im Keller des Präsidentenpalastes liegen die Hafträume und Verhörzimmer. Karin wird in eine Gefängniszelle gebracht, die völlig dunkel ist. In der Dunkelheit sitzend steigen Frucht und Verzweiflung in ihr hoch.

***

Putsch

In den Urwaldkasernen heulen die Alarmsirenen auf. Alle Stimmen des Urwalds verstummen. Kein Affengekreische, keine Lockrufe der Nachtvögel, selbst der Leopard verhält sich still. Eine nie gekannte Unruhe lässt die Soldaten scheinbar wahllos durcheinander laufen. In Wahrheit eilt jeder auf seinen Posten. Mannschaften stellen sich auf. Offiziere schreien Befehle. Selbst der einfachste Soldat merkt jetzt, das ist keine Übung, es wird ernst.
Die Militärpolizei verlässt als erste mit ihren Jeeps den Kasernenbereich. Es gilt die Straßen freizumachen für das nachrückende Militär.

Krachend springen die Motoren an, hinterlassen eine dunkle Wolke von Abgasen in der Luft. Mannschaftswagen schließen sich den ausrückenden Panzern an. Die M 60 Panzer donnern aus den Urwaldkasernen auf Wege, dann auf der Straße in Richtung Hauptstadt.

*

Kampfpanzer M60

Besatzung: 4 Soldaten,

Technische Daten, Länge : 9,3 m, Breite: 3,6 m, Höhe: 3,2 m, Gewicht: 49,7 t

Panzerung: Panzerstahl

Bewaffnung: 105-mm-M68-Kanone,12,7-mm MG M85, 7,62-mm-MG

Antrieb: Turbodiesel über 12-Zylinder bei 750 PS.

Höchstgeschwindigkeit 49 km/ h auf der Straße,ca. 30 km/h im Gelände bei 500 km Reichweite.

*

Einige der Panzer fahren in Richtung Flugplatz, andere fahren weiter zur Innenstadt. Postieren sich dort vor dem Radiosender Africa No. 1, weitere beziehen Position vor den Fernsehsender der Hauptstadt. Soldaten unter Führung ihrer Offiziere stürmen in die Gebäude.

Das Groh der Panzereinheit hat aber ein anderes Ziel; der Präsidentenpalast. Eine Invasion von Soldaten folgen ihr auf Mannschaftswagen und Jeeps. Das Dröhnen der Panzer lässt die Einwohner in ihren Häusern aufschrecken, die an die Fenster und auf die Straße eilen. An allen Ausfallstraßen werden Kontrollpunkte aufgebaut. Den Verkehr regelt jetzt die Militärpolizei. Rundfunk und Fernsehen verbreiten, dass es eine Ausgangssperre gibt.

„ An alle Bürger Gabuns, dies ist ein Militärputsch. Das Militär hat vorübergehend die Macht im Staat Gabun übernommen. Bitte bleiben Sie in Ihren Häusern, bis die Ausgangssperre wieder aufgehoben ist. Sie werden stündlich informiert. Wer außerhalb seines Hauses angetroffen wird, muss damit rechnen, erschossen zu werden.„

Diese Durchsage erfolgt nach jedem dritten Musikstück. Das Fernsehen zeigt nur die Flagge Gabuns. Verängstigt drängen sich die Leute um ihre Radios.

Die ersten M 60 umstellen den Präsidentenpalast. Soldaten stürmen in die Eingänge. Schüsse peitschen auf. Auch nach Minuten dringt Gefechtslärm nach außen. Armeegeneral Mbala Lualua fährt vor den gesicherten Haupteingang des Palastes. Telefonierend nähert er sich dem Eingang, als zwei G 91 Jets über die Dächer der Stadt donnern. Im Haupteingang versammelt er seine Offiziere und Mannschaften um sich, teilt sie in Gruppen ein und versucht, Leon Numbong telefonisch zu erreichen. Neben ihm steht ein IT-Spezialist, weist ihn auf ein Tablet hin. >>Das Signal, General kommt aus dem Haus. Das ist sicher. Ich vermute, da es schwach ist, aus den Kellerräumen.<< Der General gibt per Handzeichen den Befehl zum Handeln. Ein Eliteteam rennt los. Einige laufen über den Treppenflur, andere nehmen den Fahrstuhl, bewegen sie sich auf die Kellerräume zu. Man hört den Gefechtslärm bis nach oben. Erst als ein Offizier vermeldet, dass der Keller frei ist von feindlichen Kräften, bewegt sich der General zum Lift.

*

General Lualua betritt im Keller den Verhörraum. Die Schwarzen Löwen, die Leibwache des Präsidenten, liegt zum Teil erschossen im Gang oder im Raum. Der Rest hat sich ergeben und steht mit erhobenen Händen an einer Wand. Auf einem festgeschraubten Stuhl sitzt gefesselt Leon Numbong. Sein Oberhemd ist zerrissen, Blut tropft aus Nase und Mund. Sein Gesicht zeigt Spuren körperlicher Gewalt. Beide Hände sind auf dem Rücken gebunden, seine Füße an den Stuhlbeinen. Vor ihm stehen Präsident Georges Moussono und der Geheimdienstchef Cedric Boussoughou, sowie ein Folterknecht, der aber bäuchlings auf dem Boden liegt. Sie werden von den Soldaten des Generals in Schach gehalten. Erstaunt blicken die beiden Männer auf den General.
>>Was soll das ganze Theater Mbala? Pfeif Deine Leute zurück oder willst Du hier genauso sterben wie Leon?<< Cedric Boussoughou bewegt sich auf den General zu. Der zieht seine Pistole und schießt ihm in den Kopf.
>>So das ist für alle die noch Fragen haben. Geheimdienstchef Cedric Boussoughou hat

gerade seinen Posten zur Verfügung gestellt. Herr Präsident Numbong, nehmen Sie das Abschiedsgesuch an?<< Der lallt kaum verständlich aus dem Stuhl; >>Ja.<<
Jetzt schreit Präsident Moussono die Soldaten an. >>Verhaftet den General, ein Landesverräter und Mörder, genau wie Numbong. Beide müssen erschossen werden. Geht auf den ersten Soldaten in seiner Nähe zu und versucht ihm die Waffe zu entreißen. Ein Schlag auf den Hinterkopf mit einem Gewehrkolben lässt ihn zu Boden gehen. Der General wendet sich an seinen Adjutanten Lieutenant-Colonel Edou. >>Holt einen Sanitäter für den neuen Präsidenten, den Alten schafft ihr in sein Büro in den sechsten Stock. Alle Leute im Palast verlassen das Haus. Sie sollen sich in drei Tagen wieder in ihren Büros melden. Auf meinen Befehl.<<
Beugt sich dann langsam zu Leon runter; >>Da bin ich ja gerade noch rechtzeitig gekommen, was? Wie lange hättest Du das noch durchgehalten Leon?<< Der blickt ihn nur an, da ihm das sprechen schwerfällt. Als ihn die Soldaten von den Fesseln befreit haben, sackt er für Sekunden in sich zusammen. Fängt sich

wieder und erhebt sich kraftvoll aus dem Stuhl. Drückt dem General schweigend die Hand und sagt; >>Wir sehen uns im Sechsten, ich muss hier raus, ich kann den Gestank des Todes nicht mehr ertragen.<< Und schreitet aus dem Raum. Fährt erst in sein leeres Büro, entnimmt aus seinem Schreibtisch eine kleine braune Flasche und wechselt sein Hemd. Nina ist immer noch nicht zu sehen. Er geht wieder auf den Lift zu. Drückt dort den sechsten Stock ein und trifft auf die persönlichen Offiziere des Generals. Alle grüßen ihn militärisch. Im großen Präsidentenbüro sitzt General Lualua im Sessel des Präsidenten, die Füße lässig auf dem Schreibtisch. Georges Moussono sitzt auf einem Besucherstuhl, Colonel Edou hält ihm seine Dienstpistole an den Kopf. Der General spricht die beiden Präsidenten an. >>So, ich bitte jetzt die Herren Präsidenten um die Übergabe der Staatsgeschäfte. Deine persönlichen Kontodaten mit Passwörtern meine ich auch, Georges.<< >>Das mein lieber Mbala, glaubst Du doch nicht im Ernst, eher lasse ich das Geld auf den Konten vergammeln, bevor Du einen Dollar siehst.<< Grinst den General an.

Leon spricht langsam aber gut zu verstehen Georges an. >> Das Lachen wird Dir gleich vergehen, Georges. Ich glaube Du verkennst die Situation ein wenig. Dass Du heute sterben wirst, das weißt Du. Dass aber Deine gesamte Familie auch sterben wird, all Deine Frauen, Deine Kinder, dass ist auch gewiss. Deine gesamte Großfamilie geht innerhalb von zwei Tagen in den Tod und eins verspreche ich Dir. Alle enden bei den Krokodilen, die Du ja gern gefüttert hast. Es sei denn Du zeigst Dich kooperativ. Dann verschonen wir sie. Zu dem hast Du noch die Möglichkeit schmerzlos zu sterben, ich habe hier ein Mittel, was Dich schnell und sanft zu Deinen Ahnen schickt. Es sei denn Du bevorzugst den qualvollen Tod der über Tage geht. Du hast genau fünf Minuten für Deine Wahl, dann beginnt das Sterben.<<

Nach wenigen Sekunden bittet Georges Moussono um Blatt und Stift. >>Ihr garantiert mir, dass keiner meiner Familie stirbt, gibst Du mir Dein Wort Leon?<< Er schaut ihm direkt in die Augen. >>Du hast mein Wort, Georges und Deines auch, nicht war Mbala?<< Armeegeneral Lualua bestätigt diese Bitte. In zwanzig Minten sind Banken, Konten und Passwörter geschrieben. Georges unterschreibt noch eine Überlassungserklärung der Konten für den Staat Gabun. >>Hier Georges, Dein Getränk, in ihm sind zweihundert Milligramm Succinylcholin. Es täuscht einen Herzinfarkt vor, ohne Schmerzen für Dich. Wir lassen Dich jetzt einen Moment allein.<< Die Männer verlassen den Raum nur Colonel Edou bleibt mit gezogener Waffe da. Als der Colonel auf dem Flur erscheint, wissen sie, das war es mit der Herrschaft vom Präsidenten Moussono.

\>> Colonel Edou, Sie sorgen dafür, dass die Presse unseren Expräsidenten so in seinem Amtssessel vorfindet. Du mein lieber Leon verschwindest erst mal in der Klinik, einer meiner Männer fährt Dich. Wenn Du wieder einsatzfähig bist, meldest Du Dich. Ha, ha Leon, vergiss nicht den Zahnarzt, entweder lässt Du schnell Deine Zähne richten oder du grinst nur noch in die Kameras. Die warten garantiert auf Dich.<<
Der General geht wieder zurück ins Präsidentenbüro. Leon fährt erst noch mal in sein

Büro. Kleidet sich neu ein und schaut in den Spiegel. Erschreckt weicht er zurück. Hört von hinten, dass der begleitende Offizier sagt;>> Mein Präsident, das heilt schnell. Mit einer Sonnenbrille und etwas Schminke sieht man das nicht mehr.<< Sein linkes Auge ist mehrfarbig und fast geschlossen. Die Lippen dick und aufgeplatzt. Zwei Schneidezähne fehlen oben, unten vier in der Mitte. Vor Wut schlägt er in den Spiegel.

*

Offizielle Bekanntmachung:

Unser geliebter Präsident Georges Moussono ist einem Herzinfarkt erlegen. Alle Versuche der Ärzte, sein Leben zu retten schlugen fehl. Diesen Umstand wollte Geheimdienstchef Cedric Boussoughou nutzen und einen Staatsstreich durchführen. Das Militär unter Führung von Armeegeneral Mbala Lualua verhinderte den geplanten Staatsstreich in letzter Minute. Cedric Boussoughou kam bei den Kampfhandlungen ums Leben. General Mbala Lualua setzt bis zur nächsten freien Wahl den Berater der Regierung,

Leon Numbong, kommissarisch als Präsident einer Übergangsregierung ein.

Gez. Armeegeneral Mbala Lualua

*

Bei der Befreiungsaktion im Präsidentenpalast wurden auch alle Gefangenen aus den Zellen geholt und in eines der oberen großen Büros gebracht. Als Capitaine Etepe Mulongoti an der Glaswand vorbeigeht sieht er einen blonden Kopf zwischen den dunklen Menschen. Er kann aber kein Gesicht erkennen, da die Frau zur anderen Seite blickt. Bleibt einen Moment stehen und versucht die Frau zu erkennen. Geht dann aber an den Wachen vorbei in das Großraumbüro. Drängt sich an den schwarzen Leibern vorbei bis zur blonden Frau hin. Der Raum stinkt nach Angst, Schweiß und Fäkalien. Er berührt die Frau an der Schulter, keine Reaktion. Nimmt ihren Kopf in die Hand und dreht ihr Gesicht zu sich. Ihr Gesicht, ihre Kleidung, auch ihre Haut ist verschmutzt. Blut kann er keines entdecken.>>Karin, wach auf Du, musst hier weg.<< Langsam erwacht sie aus

ihrem Erschöpfungsschlaf. >> Etepe, Du, bitte hilf mir, ich habe Angst. Ich will hier raus, nur raus. Rufe meine Botschaft an, die helfen mir.<< Er nimmt sie am Arm und zieht sie hinter sich zum Ausgang. >>Sprich jetzt nicht, Du bist meine Gefangene, ich bringe Dich auf Weisung fort.<< Sie verlassen an den Soldaten vorbei den Palast. Gehen auf einen geparkten Jeep zu. >>Karin komm bitte, hast Du einen Kontakt wo Du Dich verstecken kannst und sicher bist? Deine Botschaft rufen wir später an. Jetzt ist das zu gefährlich. Alle Botschaften werden kontrolliert und überwacht.<< Sie schüttelt verängstigt den Kopf. >>Ok, ich fahre Dich in ein Versteck, und wenn sich die Lage beruhigt hat, kannst Du immer noch entscheiden wohin Du gehen willst. Leg Dich hinten zwischen die Sitze, ich lege eine Decke über Dich, so sollten wir die Stadt verlassen können.<<
>>Kann ich nicht in meine Wohnung oder zu meinem Exmann?<<
>>Besser nicht, die werden mit Sicherheit überwacht. Ich bringe Dich erst mal zu mir, dann sehen wir weiter.<< Die Fahrt geht durch die Innenstadt. An vielen Kontrollen vorbei. Karin

unter der Decke bleibt unbemerkt. Erst als Etepe vor seinem Haus anhält und Entwarnung gibt, richtet sich Karin auf. >>Bitte schlage die Decke um Dich Karin, es darf niemand sehen, dass eine weiße Frau hier ist.<< Er schiebt sie behutsam in seine Hütte. Ein Raum mit Küchenzeile, von dem ein weiteres Zimmer abgeht, das als Duschbad dient. Das Zimmer ist einfach eingerichtet. Ein einfaches Metallbett, ein Metallschrank, Tisch mit drei wackligen Holzstühlen und eine Komode, auf der ein kleiner Fernseher steht. >>Karin, ich muss zurück zu meiner Einheit. Leg Dich dort schlafen, duschen kannst Du jetzt. Wenn ich fort bin mach bitte keinen Lärm, das verrät Dich nur. Ich weiß nicht wann ich zurückkommen kann. Der Putsch bringt alle Dienstpläne durcheinander. Ein Telefongespräch kannst Du jetzt führen, aber nur sehr kurz. Deine Botschaft rufe besser nicht an, die werden alle abgehört in der jetzigen Situation.<< Er gibt ihr sein militärisches Telefon.

*

Botschafter Karl-Heinz Streuer liegt im Bett und kann nicht schlafen. Telefonanrufe die ihm die neue Situation in Libreville schilderten, reißen nicht ab. Erneut schrillt sein Telefon. >>Streuer, wer bitte stört mich in der Nacht?<< Erst Stille, durch ein Rauschen dringt eine Frauenstimme. >>Herr Botschafter, Herr Botschafter, hören Sie mich. Ich bin Karin Borghammer. Hören Sie mich?<< >>Ja, ich verstehe Sie Frau Borghammer. Was gibt es so wichtiges, dass Sie mich um diese Uhrzeit anrufen?<<
>>Ich werde verfolgt, bitte helfen Sie mir. Der Präsident will mich….<< Dann reißt das Gespräch ab. Verwundert notiert sich der Botschafter den Wortlaut und die Uhrzeit.

*

Hastig entreißt Etepe Karin das Telefon. >>Entschuldige, aber es muss immer auf Empfang bleiben, falls die mich suchen. Gehe jetzt duschen, ich fahre danach sofort. Die Aktion kann unser beider Leben kosten, Du weißt ja nicht was alles bei so einem Putsch schieflaufen kann.<< Karin steht unter der

Dusche, als sie Etepe sprechen hört; >>Ja, ich komme sofort zurück, musste meine Uniform tauschen, alles voller Blut und Schmutz. Melde mich sofort bei Ihnen.<< Ein Schrei reißt ihn aus seinem Gespräch. Er wendet sich an die Duschende. >>Was ist los Karin, bitte mach nicht so einen Krach. Er schiebt den Vorhang zur Seite und sieht Karin verängstigt in einer Ecke hocken. Das Duschwasser läuft. >> Eine Spinne, eine hässliche große Spinne, Etepe. Da bei Dir. Mach sie tod, ich habe Angst.<< Er tritt auf das flüchtende Tier, was es schon bis ins Zimmer geschafft hatte.

>>Karin ich muss jetzt los, wenn ein anderer Offizier kommt ist das Losungswort „Deutsch„ hast Du verstanden?<< Der Vorhang zum Bad geht zur Seite. Karin erscheint barfuß und nackt im Rahmen. Das Wasser läuft ihr noch von den Haaren über die steil abstehenden Brüste. Wie hypnotisiert geht sein Blick den Wassertropfen folgend, hin bis zum Tattoo. Erst als er bemerkt dass er hart wird, reißt er sich zusammen und stürzt aus der Hütte. Der Jeep rast mit kreischenden Rädern davon.

*

Bei Präsident Leon Numbong klingelt das Handy. >>Leon, ich bin es, Mbala. Alles Ok bei Dir. Lass Dir Zeit. Ich wollte Dir nur kurz einen Mitschnitt vorspielen den wir bei unserem Freund Cedric gefunden haben. Dass er alles überwachen wollte, wussten wir ja, aber dass er tatsächlich auch seinen besten Freund, den Präsidenten Georges abgehört hat, das erstaunt mich schon ein wenig. Aber hör mal zu, auch Du wirst gleich staunen. Hör Dir alles in Ruhe an, dann reden wir weiter.<< Leon drückt das Handy ans Ohr. Was er jetzt hört lässt ihn blass und wütend werden. Er bittet, dass der Mitschnitt mehrfach wiederholt wird. >>Mbala, ich danke Dir für Dein Vertrauen alter Freund. Ich kann es immer noch nicht glauben. Da hat mich das Miststück verraten. Du glaubst nicht Mbala wie froh ich bin, Dich als Freund zu wissen. Ohne Dein Notsignal und Deiner schnellen Hilfe wäre ich tod. Schon allein dafür bekommst Du in Zukunft Deine Wünsche erfüllt. Jetzt aber zu der Verräterhure. Such sie mir, ich will sie sterben sehen, das Miststück.<<

\>> Leon, nicht so schnell, Rache genießt man langsam. Außerdem brauch ich sie noch. Aber lass Dich überraschen, mein Lieber. Jetzt vergiss die Dame und suche Dir eine Neue aus. Bist ja jetzt in der glücklichen Lage, Dir jede Menge weißes Fleisch kaufen zu können.

*

Die Soldaten schwärmen aus, umstellen Haus für Haus. Treiben die Anwohner brutal aus den Häusern. Nehmen keine Rücksicht auf Kinder und Alte. Frauen werden vergewaltigt, Gegenstände gestohlen. Wer sich widersetzt wird erschossen. Alle anderen werden auf Lastkraftwagen in ein Lager in der Nähe der Kongolesischen Grenze gebracht. Das Lager ist einfach aufgebaut. Ein gerodetes Stück Urwald an einem Seitenarm des Lvindioflusses. Mit einfachen Wellblechhütten versehen, in denen es am Tag höllisch heiß ist und nachts kalt. Kein fliesend Wasser, das muss mit Behältern vom Flussarm geholt werden. Um das Lager ist eine Stacheldrahtwand gezogen die nicht überwindbar ist. Es gibt nur einen bewachten Eingang mit

Schlagbaum und einen separaten Eingang für das Wachpersonal, an dem auch ein Wachturm angeschlossen ist. Die Unterkünfte des Wachpersonals liegen außerhalb des Lagers. Nachdem die Vertreibung abgeschlossen ist, müssen sich alle Gefangenen zum Appell versammeln. Ein Lautsprecher verkündet ihnen;

>>Gefangene, Ihr wisst warum Ihr hier seid. Ihr habt jahrelang mit eurem Präsidenten Moussono den Staat Gabun betrogen und ausgenommen. Jetzt ist die Zeit der Wiedergutmachung gekommen. Alle arbeitsfähigen Männer werden in den Minen arbeiten. Die Frauen auf andere Aufgaben verteilt. Alle Männer sammeln sich rechts vom Platz, die Frauen ab 12 bis 45 Jahre links.<< Protestierend werden die Menschen zusammengetrieben. Dann fahren Lastwagen vor und das Verladen beginnt. Bei Fluchtversuchen wird sofort geschossen.

*

Zwei Offiziere stehen rauchend an ihrem Jeep und beobachten den Abtransport. >>Wohin bringen sie die Frauen, Daniel? Wir hätten uns noch zwei rausholen sollen.<< Grinsend erwidert der; >> Mann Bongo, keine Sorge, die schönsten landen alle bei uns im Bataillons-Puff, der Rest wird verkauft oder als Pflegepersonal vermietet. Aber die Idee, uns noch zwei rauszusuchen, ist nicht schlecht, da wird der Transport nicht so langweilig.<<

Der Jeep prescht vor und stellt sich quer zu dem Laster mit den Frauen. Der Wagen bremst so stark ab, dass viele der weiblichen Passagiere durcheinanderfallen. Der Fahrer und sein Kamerad springen aus dem Jeep. Gehen lachend auf den Laster zu, schauen sich die Gesichter der verängstigten Mädchen an. Als zwei junge Frauen auf der Rückbank des Jeeps sitzen, gibt der Fahrer Gas, das Fahrzeug schnellt vor, überholt alle Fahrzeuge und verschwindet nach einigen Kilometern im Urwald.

***

Einsatz

Im Büro vom Prof. Thomas Weil,
Operationsleiter Außendienst und Analyst in der „Villa,, in Bonn, sitzt Agent Robert Hartmann und wartet auf einen Befehl. Das Büro ist, wie die meisten im Haus, supermodern in Glas und Chrom gehalten. Nur die großen Wandmonitore unterscheiden es von den anderen Büros. Die „Villa,, ist ein riesiger Computer, eingeteilt in Fachabteilungen die nur einem Zweck dienen, Feinde von Deutschland zu bekämpfen, egal ob von innen oder außen.

>>Wie gut sind Deine Erinnerungen an die Operation L.I.S.A. Robert? Erstaunt blickt Robert seinen Vorgesetzten an. >>Als wenn wir gestern dort waren. Aber warum, gibt es immer noch Ärger wegen der Befreiung von Lisa Bretzinger?<<
>>Nein, das nicht, aber wir haben da einen neuen Fall. Kanntest Du die Frau von Handelsattaché Borghammer, eine Karin Borghammer?<<
>>Nein, nie gehört und nicht gesehen. Nur mit

ihm hatten wir Kontakt. Wir trauten ihm nicht. Hatten zwar keinen begründeten Anlass, aber mein Bauchgefühl riet mir zur Vorsicht. Mein Verdacht einer undichten Stelle in der Botschaft lag bei ihm, aber wie gesagt, keine Beweise. Aber was ist mit ihr?<< Erwartungsvoll schaut er seinen Vorgesetzten an. >>Robert, ich weiß es auch nicht, eine lange undurchsichtige Geschichte. Um es kurz zu machen, Frau Karin Borghammer lebt von ihrem Mann getrennt und bittet die Botschaft um Schutz. Sie fühlt sich verfolgt und um ihr Leben bedroht. Wie Ihr ja wisst tobt zurzeit in Gabun ein Staatsstreich.<<
>>Bedroht von ihrem Mann?<<
>>Nein, das ist es ja gerade, bedroht vom Präsidenten des Staates Gabun. Alles ist in diesem Fall hochpolitisch und auch undurchsichtig. Sie soll die Geliebte des neuen Präsidenten sein. Das behauptet jedenfalls ihr Mann. Seine Position in der Botschaft kennst Du ja. Wir alle wissen nicht was da wirklich läuft. Aber wir hier sollten aufpassen, dass wir uns nicht von einer zwielichtigen Frau vor die Karre spannen lassen. Auf der andere Seite ist sie eine deutsche Staatsbürgerin, die das Auswärtige Amt

um Hilfe bittet.<< Robert unterbricht sein Gegenüber. >>Wenn ich das richtig deute, so haben wir keine Erkenntnisse über die Dame. Keine Telefonüberwachung oder Internetkontrolle, nichts?<< >>Nein, die Akte ist ja gerade erst auf meinem Tisch gelandet. Alle Überwachungsvorgänge laufen erst an. Aber sie telefoniert so gut wie nie und auch eine Internetüberwachung ist bis zu dieser Stunde gleich Null. Das heißt, wir müssen vor Ort. Unser Mann dort, ist ja noch mit ihr verheiratet, also befangen. Jetzt kommst Du ins Spiel. Wie bitte sollten wir nach Deiner Meinung vorgehen?<< Prof. Thomas Weil schiebt Robert die dünne Akte rüber. Der schlägt sie auf und liest in ihr. >>Verstehe ich das hier richtig, sie hat sich direkt an den Botschafter Streuer gewandt, nicht an ihren Mann. Also traut sie ihm nicht, oder wie siehst Du das? Aber weiter, hübsch ist sie ja. Ungewöhnlich, dass eine ehemalige Lehrerin so ein Theater veranstalten kann. Hier steht in der Charakterstudie: Introvertiert, bescheiden, fleißig, gewissenhaft, eine positive Beurteilung. Entweder wird sie erpresst oder jemand hat in der Liebe den

richtigen Knopf bei ihr gedrückt. Ich glaube letzteres, aber das müssen wir eben rausfinden. Von einem Team rate ich ab, das fällt zu sehr auf. Ich würde vorschlagen, zwei Mann reisen dort ein, ohne die Botschaft zu informieren. Wir machen das allein. Denke da an Volker und mich. Nur die Historie müsst ihr noch liefern.<<
Lehnt sich dann entspannt zurück.
>> Gut, da in Westafrika zurzeit die Ebolapanik herrscht, reist Ihr beiden als Ärzte ein. Verbleibt in Libreville, weil das medizinische Gepäck noch nicht angekommen ist. Ziel für Euch ist auf dem Papier die Urwaldklink in Lambaréné, das Albert Schweitzer-Hospital. Ihr tragt ständig einen Mundschutz und verändert Euer Aussehen. So sollten wir es erst einmal angehen. Informiere Volker und bereitet Euch auf die Aktion vor. Wir arbeiten an den Möglichkeiten einer „stillen Ausreise,, für Euch.
Auf dem Weg zu seinem Büro kommt Robert beim Rechtsbüro vorbei. Jane, die Rechtsanwältin der Villa, zeigt ihm ihren gestreckten Mittelfinger und grinst frech. Führt ihn dann provozierend in den Mund. Er betritt das Büro und sagt zu ihr; >>Du bist doch nur so

frech weil Du ein schickes Kostüm anhast, nackt machst Du doch wieder auf Hascherl, also lass Dir mal was Neues einfallen, meine Liebe.<< Verlässt ihr Büro und hebt seinerseits den Mittelfinger.

*

Vor der Hütte von Capitaine Mulongoti hält ein geschlossenes Militärfahrzeug. Der Fahrer steigt aus und geht zur Tür. Klopft leise an und sagt; >>Bitte öffnen Sie Madame. Das Losungswort ist Deutsch.<< Er hört, dass sich im inneren der Hütte was bewegt. Nach einer Minute öffnet sich die Tür und Karin tritt heraus. Blinzelt in die grelle Sonne. Legt die Hand über die Augen, um ihn besser zu erkennen. Vor ihr ein normaler Soldat, der vor einem braungrauen Wagen steht, die hinteren Wagenfenster sind abgedunkelt und nicht einsehbar. Er geht zum Wagen und reißt die hintere Tür auf. >>Bitte, Madame steigen Sie ein.<< Sie bückt sich um im Wagen Platz zu nehmen. Kann aber nichts im Wageninneren erkennen. Als sie gerade sitzt, spricht sie eine Stimme neben sich an. >>Madame Börghämmär,

ich bin hocherfreut Sie kennenzulernen. Habe schon viel von Ihnen gehört. Die Frauen in den Hütten erzählen sich ja tolle Geschichten über Sie.<< Er lacht laut auf. Sie versucht ihn zu erkennen im Dunkel des Wagens.
>>Entschuldigen Sie, meinen Enthusiasmus, Madame, mein Name ist General Partrice Nouzaret, ich befehlige den östlichen Teil unserer Armee bis an die Grenze zum Kongo.<<
Als sie sieht wer neben ihr sitzt, verlieren sich ihre Spannungen. >>Was erzählen sich denn die Einheimischen den so von mir, General?<<
>>Für uns Männer nur das Beste. Frauen sehen das naturgemäß etwas anders, aber wie das Leben so ist, der Neid und die Eifersucht. In einem muss ich aber den Frauen recht geben, Sie Madam ‚sind außergewöhnlich schön.<<
>>Danke General, zu freundlich.<< Der Wagen fährt an. >>General, wo fahren wir hin?<<
Sie wendet sich ihm zu.

General Partrice Nouzaret, 58 Jahre, verheiratet, vier Kinder, aus dem Stamm der Fang. Gilt als harter Hund bei seinen Soldaten. Hat sich durch siegreiche Kämpfe an der Grenze hervorgetan.

Ist dem Präsident Georges Moussono verbunden. Bei den Frauen sehr beliebt, da er sehr charmant sein kann.

>>Wohin Sie möchten Madam, nur die Stadt Libreville sollten wir aus strategischen Gründen meiden.<< Erwartungsvoll schaut er sie an. >>Dann fahren Sie mich in Sicherheit, General.<< >>Und das wäre, Madame?<< >>Wo wäre ich sicherer als bei Ihnen General?<< Sie setzt ihr schönstes Lächeln auf und rückt weiter zu ihm hin. >>Madame, Madame, ich kann nur sagen Oh, la, la. Die absolute Sicherheit haben Sie nur in meinem Bett und auch nur dann, wenn ich mit darin liege. Sie haben die Wahl, Madame.<< Sie schaut ihm tief in die Augen. Lächelnd antwortet sie. >>Na, wenn es denn so sein soll, Herr General. Sie werden sich doch nicht an einer wehrlosen Frau, die wie ich ein armer Flüchtling ist vergreifen, oder?<< Spielerisch empört erwidert er; >>Madame, was glauben Sie denn? Aber auf einen Punkt muss ich doch noch kommen. In den Hütten des Landes geht das Gerücht um, Sie Madame, besitzen ein geheimnisvolles Mal, dass

alle, die es gesehen haben, verzaubern sind, oder sagen wir besser verhext. Stimmt die Saga, Madame? Sogar bei Capitaine Mulongoti ist dieser Umstand festzustellen.<<

>>Geheimnisvoll sagen Sie; ja, mein General, aber es befindet sich an einem sehr intimen Ort. Somit kann ich es natürlich nicht öffentlich zeigen.<<

>>Würden Sie mir, es denn zeigen, Madam wenn ich Sie darum anflehe? Ich garantiere ihnen auch höchste Verschwiegenheit. << Leicht fällt ihre Hand auf seinen Oberschenkel. Sie spürt, wie sein Penis unter dem Stoff der Hose in ihre Hand wächst. >>Mein lieber General, bedenken Sie den Fluch der darauf lastet. Wollen Sie wirklich das Risiko eingehen verzaubert zu werden?<<

>>Oh, la, la Madame, Sie glauben nicht, wie sehr ich darauf hoffe, von Ihnen verzaubert zu werden.<< Sich zu ihm hinbeugend sagt sie; >>Wenn das so ist, dann zeige ich Ihnen noch ganz andere Sachen, mein General, davon träumen die in den Hütten.<< Lächelnd lehnt er sich zurück.

*

In der Maschine der Air France, die von Frankfurt über Paris nach Libreville fliegt, sitzen Dr. Volker Brand und Dr. Robert Dühring entspannt in ihren Sitzen. Beide Mediziner sind ausgewiesene Spezialisten in Tropenkrankheiten wie Gelbfieber, Malaria und Ebola. Ihr angegebenes Reiseziel ist die Albert Schweitzer Klink in Lambaréné, um dort im Auftrag der Ärzte ohne Grenzen eine Ebolaisolierstation aufzubauen.
Dr. Volker Brand alias Volker Nuri, 26 Jahre, blondes halblanges Haar. 172 cm groß, fast dünn. Trägt eine runde Brille. Sieht aus wie ein junger Student. Genannt „Doc", da er ein abgebrochenes Medizinstudium hat. Er besitzt den höchsten Intelligenzquotienten der Gruppe. Ein Genie im Basteln von Fallen und Waffen. Wieselschnell im Einsatz. Leise, zurückhaltend, sehr gefährlich, da er fast immer übersehen und unterschätzt wird.
In der Villa findet man ihn fast ausschließlich in der vierten Unteretage, in der Spezialwerkstatt.

Dort experimentiert er mit neuen Werkstoffen und einem übergroßen 3D-Drucker.

Dr. Robert Dühring, alias Robert Hartmann, 33 Jahre, 184 cm groß, schlank, dunkelhaarig mit einem Dreitagebart. Sein Körper besteht nur aus Muskeln und Sehnen. Er sieht aus wie viele junge Männer heute. Nur wenn man in seine stahlgrauen Augen blickt, kann man seine Härte erkennen. Früher GSG 9 Kämpfer, heute Teamführer der Gruppe 27. Spricht neben Englisch, Spanisch noch Französisch. Er war als einer der besten Schützen der GSG 9 bekannt. Pilotenschein für Hubschrauber und Kleinflugzeuge. Sein Hobbys: Waffenkunde und Kampfsport.

*

Beide Männer sind äußerlich total verändert und ihre Pässe weisen Einreisestempel von vielen afrikanischen Ländern auf. Beide Männer tragen jetzt Vollbart und kurzes Haar. Ihre Haut ist stark sonnengebräunt. Als die Maschine in Libreville aufsetzt, steigt in beiden Männern Spannung auf. Sie nehmen ihr Handgepäck und reihen sich am

Zollschalter ein. In der Halle wimmelt es von Militär. Schon bei der Landung konnten sie Panzer auf dem Flugfeld sehen. Die Schirmmützen dicht ins Gesicht gezogen passieren sie Zoll und Einreisekontrolle. Sie vermeiden, direkt in die Kameras der Überwachung zu schauen. Vor dem Flughafengebäude halten sie Ausschau nach einem Taxi. Sie müssen mehr als eine Stunde warten. Als sie im Taxi sitzen, sagt Robert zum Fahrer auf französisch; >>Quartier Louis, Hotel Louis. Bitte ohne Umwege, ich kenne die Strecke.<< Vor dem Winkelbau des Hotels halten beide Ausschau nach dem weißen R4 mit dem amtlichen Kennzeichen A-47- 382 der zwischen anderen Kleinwagen geparkt ist. Sie checken ein und gehen auf ihr Zimmer. Obwohl das Hotel fünf Sterne aufweist, sind die Zimmer mehr als bescheiden. Nach einigen Sicherheitsüberprüfungen sitzen beide am Tisch. Dr. Dühring, alias Robert Hartmann, öffnet sein Tablet. Es erscheint eine Information von der Basis in Bonn. Die im sogenanntem Kryptogramm, ein Instant-Messaging-System, vom Satelliten übertragen wird. Es gilt zurzeit als absolut sicher und nicht angreifbar.

xxx Basisinformation: Karin Borghammer, 34 Jahre, blond, schlank. Verheiratet mit Helmuth Borghammer, Handelsattaché, leben zurzeit getrennt. Jetzt wohnhaft in Libreville, Rue Pecqueur, Hochhaus 2, Stockwerk 6 D. Lehrerin, leitet ein Kursus für gabunische Studenten in Libreville. Soll ein Verhältnis mit Leon Numbong haben, dem jetzigen Präsidenten. Siehe Fotos. Ende. xxx

Aktuelle Info. Ihr Wagen ein Volkswagen Polo, Farbe: weiß, mit dem Kennzeichen für besondere Personen, B-46-592 steht immer seitlich vom Hochhaus geparkt. Ende. xxx

Robert nimmt direkt Kontakt mit Bonn auf. »Satellit, kommen.« Nach einigen Sekunden ist die Verbindung hergestellt. » Satellit, hört. Bitte kommen. Ende.«

»Sind im Zielgebiet, beginnen mit der Aktion. Gibt es neue Informationen? Ende.« Nach einem Augenblick meldet sich Satellit erneut.

»Überprüfen noch das Zielobjekt, wartet auf Freigabe. Ende.«

Als nach einer Stunde noch keine Antwort vorlag, sagt Robert; »Volker, komm wir überprüfen die Anschrift mal von unten her. Aber jeder für sich, wir treffen uns dann an der Ecke Avenue du Colonel Parant.

*

In der Abenddämmerung nähern sich zwei Männer von verschiedenen Seiten dem Hochhaus. Sie sind durch mehrere Militärkontrollen gekommen, die nächtliche Ausgangssperre ist aufgehoben worden. Es ist ein Kommen und Gehen von der Straße her. Die Mehrzahl der Bewohner sind Farbige, aber auch einige hellhäutige Personen frequentieren das Haus. Einer der Männer verschwindet im hinteren Teil der Wohnungsanlage. Der zweite beobachtet den Vordereingang von einem nah gelegenen Park aus. Diese Beobachtungsaktion geht über Stunden. Im Zielbereich des sechsten Stock bleibt die Wohnung aber dunkel. Erst gegen Mitternacht entfernt sich der Letzte der beiden vom Hochhaus.

*

Ein dunkelhäutiger Mann geht auf das Hochhaus zu. Seine Schritte sind federnd, fast wie die einer Raubkatze. Unter seinem Hemd lugt bei gewissen Bewegungen eine Beretta vor. Er passiert ein Auto das zwischen den Bäumen geparkt ist. Im Fahrzeug sitzen Männer in Uniformen. Klopft kurz auf das Blech des Kotflügels und geht dann weiter auf den Eingang zu. Als ein Anwohner das Haus verlässt nutzt er die Gelegenheit, ins Haus zu schlüpfen. Am Flurfenster des sechsten Stock erscheint kurz ein Lichtzeichen, kaum wahrnehmbar. Die Insassen im beobachtenden Auto entspannen sich. Zwei steigen hinten aus und verteilen sich, um eine Zigarette zu rauchen.

Nach Stunden fährt ein Militärjeep vor das Haus. Der Fahrer, ein hochgewachsener Mann in Zivil, springt behände aus dem Wagen und eilt zum Beifahrersitz. Hilft einer blonden Frau aus dem Jeep. Sie schüttelt ihre Haare auf und richtet ihre

Kleidung. Ein Blick in den Seitenspiegel des Jeep lässt sie zufrieden lächeln. Beim Gang zum Eingang, schaut er sich ständig unauffällig um. Den dunklen Wagen unter den Bäumen bemerkt er nicht. Die beiden verschwinden im dunkel des Hausflurs. Das Licht des Lifts zeigt, dass sie küssend den Fahrstuhl betreten, um nach oben zu fahren.
>> Objekt nähert sich der Wohnung. Ab jetzt Funkstille.<<

*

Im Hotelzimmer schläft Robert. Die Luft ist stickig heiß, da der Strom ausgefallen ist. Er hat sich angewöhnt, sich in jeder ruhigen Minute zu entspannen oder zu schlafen. Volker spielt mit seinem Tablet, als dieses piept.
>> R bitte kommen.<< Volker will Robert wecken, der ist aber schon aufgesprungen. >> Satellit, wir hören.<< Beide schauen auf das Tablet.
>>Zielobjekt befindet sich im Ziel, Aktion freigegeben. Achtet auf Fremdkörper. Lage nach wie vor nicht stabil. Eigene Sicherheit hat höchste Priorität. Film und Fotos folgen. Viel

Glück. Ende« Auf dem Tablet erscheint ein Video: Ein Paar geht auf den Eingang des Hochhauses zu, da die Aufnahmen aus der Höhe gemacht sind, erscheinen die Personen auch wie von oben zu sehen. Ein kräftiger Farbiger in Anzug, der sich ständig nach hinten absichert und eine blonde Frau die neben ihm geht. Beide betreten das Haus. Die Kamera zoomt beide Köpfe groß. Ein Text erscheint: »Bei der männlichen Person sind wir noch am überprüfen. Die Frau ist eindeutig Karin Borghammer. Ende.« Es erscheinen vergrößerte Einzelfotos der beiden Protagonisten. Dann ist wieder das Video zu sehen. Die Kamera schwenkt langsam schräg nach oben. Im sechsten Stock bleibt das Bild auf einer Wohnung stehen in der jetzt Licht angeht. Dann schließt das Bild.

>>Volker, wir starten. Pack Deine Sachen ein und los. Ich bezahl das Hotel und überprüfe nochmals das Auto. Wir sehen uns unten.<< Auf der Fahrt in die Stadt besprechen beide ihr Vorgehen. >>Wir gehen versetzt rein. Du öffnest die Türen Volker, ich sichere Dich ab. Wenn Du drin bist, komme ich nach. Dann deckst Du uns.

Hast Du eine andere Vorgehensweise im Auge?<< Er verneint und spielt mit einem elektrischen Türöffner rum.

Nach mehren Kontrollen die bei der Erwähnung, dass sie Ebolaärzte sind, schnell erledigt sind, erreichen sie ihr Zielgebiet. Stellen den R 4 ab und rüsten ihn mit einer Sprengfalle aus. Zu Fuß nähern sie sich dem Hochhaus. Stehen minutenlang im Lichtschatten der Lampen und beobachten das Haus. In der Zielwohnung brennt Licht. Es sind aber keine Bewegungen in der Wohnung zu sehen. Volker gibt Robert ein Handzeichen und geht auf den Eingang zu. Er trägt, obwohl es noch sehr warm ist ein Kapuzenshirt, seine Haut hat er dunkel geschminkt und seine Fingerspitzen mit einem Dichtmittel eingesprüht, so dass er keine Fingerabdrücke hinterlässt. Auch Robert ist so präpariert. Als er die Haustür geöffnet hat, huscht Robert kurz hinter ihm mit in den Flur. Das der Flur im Dunkeln liegt erleichtert ihnen den Zugang. Jetzt teilen sich ihre Wege. Volker bleibt im hintern Teil des Flurs. Robert geht über das Treppenhaus in der Kellerbereich. Entriegelt dort ein schmales Kellerfenster was nach hinten ausgerichtet ist. Es ist einer der Fluchtwege. Volker hat eine verlassene Wohnung erkundet, diese geöffnet und kurz durchsucht. Ein Fenster im Wohnbereich hinten wird angelehnt. Eine weitere Fluchtvariante. Sie treffen sich im sechsten Stock noch im Treppenhaus. Sprechen leise ihr weiteres Vorgehen ab. Volker geht vor, an der Wohnungstür horcht er, ob er Laute hört oder Bewegungen feststellen kann. Alles scheint ruhig, nur das Licht scheint durch die Türspalten. Er winkt Robert zu sich. Mit seinem Türöffner, der leise summt, öffnet sich die Tür.

*

Der Schwarze tritt aus dem Hochhaus, geht über die Straße und geht auf den Wagen zu. Seine katzengleichen Bewegungen beeindrucken die vier Männer im Auto. Er kommt am Wagen vorbei, klopft wieder auf das Blech und ist im Dunkel verschwunden. Keiner der Männer versucht ihm mit Blicken zu folgen. Angst hängt wie ein Nebel im Wageninneren.

»Zentrale, kommen. Aktion abgeschlossen.«
»Hier Zentrale, Ihr bleibt auf Posten bis neuer Befehl erteilt wird. Ende.«

>>Verfluchter Mist, die amüsieren sich mit den Weibern und wir sitzen hier rum. Einer der hinteren Männer steigt aus dem Wagen und geht eine rauchen. Intern haben sie eine Regelung gefunden, dass zwei auf Posten sind und das Haus beobachten, der Rest rauchen geht oder im Wagen döst.
>>Achtung Männer, ich glaube ich habe einen Schatten gesehen. Der Beifahrer hält sich das Fernglas vor die Augen und erspäht die Fenster.
>>Tatsächlich, in der Wohnung bewegen sich Leute. Wer kann das sein? Sicher keine von uns, die hätten uns doch informiert.<<
>>Da wäre ich mir nicht so sicher, bei einem Putsch geht es doch drunter und drüber. Mist und wir verpassen alles.<<
>>Was sollen wir machen, gehen wir hoch?<<
>>Nein, wir melden das der Zentrale. Stell Dir mal vor, das sind Leute von uns, und wir ballern uns gegenseitig ab. Los ruf die Zentrale an.<<

»Zentrale, kommen.«
»Hier Zentrale, was gibt es?«
»Wir sind hier immer noch in der Rue Pecqueur, Hochhaus 2. Wir haben Besuch. Zwei oder mehr Besucher sind im Objekt. Wie sollen wir handeln?«
» Sichert die Eingänge, wir schicken Verstärkung, die ist in wenigen Minuten da. Keine Alleingänge. Dann stürmen. Ende.«
Als der Mannschaftswagen mit den Soldaten vor dem Haus hält, stehen die Vier bereit, um mit dem Soldaten das Haus durch den Haupteingang zu stürmen.

*

Vor der Tür wechseln sie die Positionen. Jetzt geht Robert vor, Volker behält den Hausflur im Blick. Von Wohnungsflur aus der zum Wohnzimmer offen ist, sieht Robert, dass sich im Zimmer niemand befindet. Ein Schritt ins Zimmer. Auch die Küche ist leer. Er spürt aber die Spannung in der Luft. Sein Gefühl sagt ihn, dass die Wohnung nicht leer ist. Er zieht seine Waffe mit dem aufgeschraubten Schalldämpfer und bewegt sich langsam aufs Schlafzimmer zu. Sein erster Blick ins Zimmer lässt ihn einen Sekundenbruchteil erstarren. Vor ihm liegen zwei Personen nackt in ihrem Blut. Schaut ob er noch Leben feststellen kann. Er winkt Volker zu sich. Das Tablet piept, piept, piept, ein Alarmsignal:

»Achtung, raus dort. Feindliche Kräfte nähern sich dem Objekt von vorn. Raus, das ist ein Befehl. Der Einsatzbefehl ändert sich in einen „Notfalleinsatz‚‚ Ende.«
»Volker, raus hier, achte auf den Flur, gehe nicht ans Fenster. Bleib im Dunkeln. Ich mache schnell Fotos von den beiden. Die sind mit Sicherheit Tod.« Das Zimmer riecht nach Blut und Tod. Ein flüchtiger Blick nochmals durch das Zimmer, dann verlässt auch Robert den Raum.

*

Eilig verlassen die beiden die Wohnung, laufen auf leisen Sohlen durchs Treppenhaus nach unten in den Kellerbereich. Hören gerade, als sie den Keller durch ein schmales Kellerfenster verlassen haben, dass hinter ihnen die Einganghalle gestürmt wird. Bewegen sich vorsichtig zwischen den Häusern durch zum Auto. Vor ihrem R4 schauen sich beide nochmals um, ob Gefahr von hinten kommt. Im Auto nehmen sie wieder Kontakt zum Satelliten auf. >> Satellit, kommen. Ist unsere Fluchtroute frei? Übermitteln später Fotos vom Zielobjekt. Ende.<< Wenig später erfolgt die Antwort. >> Keine Gefahr. Verkehr auf der Route normal. Außer den Militärkontrollen. Achtung! Änderung beim Grenzpunkt. Melden in der Schweitzerklink,dort liegen Papiere für die Weiterreise bereit. Dann sofort weiter über die N 1 zum Grenzübergang Doussala. Im Kongo, Bezirk Loubomo, weiter zum Ort Dolisie. Von dort werdet ihr ausgeflogen. Wir sichern Euch ab, haben Euch immer im Blick. Viel Glück. Ende.<<

***

Bonn

Bei der Anschlussbesprechung im Konferenzraum in der Villa sitzen Dr. Alexander Preuss als Chef der Villa, Prof. Thomas Weil, als Operationsleiter Außendienst, die beiden Agenten Volker Nuri und Robert Hartmann vor der riesigen Bildschirmwand. Schauen sich die Fotos und Videoüberwachungen von der Aktion in Gabun an. Bei der Videowiedergabe vom Hochhaus stoppt ständig das Video, um auf Einzelbild umzuschalten.

Prof. Weil übernimmt die Erklärungen; >>Hier sehen wir, dass Frau Borghammer mit einer männlichen Person das Haus betritt. Einige Minuten später geht auch das Küchenlicht an. Was dann aber nicht mehr gelöscht wird. Beide Personen werden die Wohnung nach unseren Erkenntnissen nicht mehr lebend verlassen. Wer aber letztendlich als Täter in Frage kommt, konnten wir von hier nicht feststellen. Im weiten Bereich kommen aber Militärpersonen in Frage, da die optische Überwachung der Wohnung vom

Militär ausging und auch der Getötete ein Militärangehöriger war. Wie wir anhand der Fotos von Robert ermitteln konnten, handelt es sich mit größter Wahrscheinlichkeit um General Patrice Nouzaret. Getreuer des verstorbenen Präsidenten Georges Moussono. Der aber dann doch am Putsch beteiligt war. Seine Truppen deckten den Osten mit den Minen ab, sowie die Stadt Franceville. Um den Kreis der Täter einzuengen bräuchten wir Wochen und bessere Kontakte zu Gabun. So werden wir die offizielle Darstellung der Polizeibehörde von Libreville übernehmen. Obwohl wir starke Zweifel an der Beurteilung haben. Ich lese Euch eine Schlagzeile in der Presse vor, stellvertretend für den Rest der Pressemeldungen. Die Gaboneco schreibt: „Hoher Militär tötet seine Geliebte, dann sich selbst. War es Eifersucht?„ Genau so lautet auch das Urteil des Gerichts von Libreville. Aber zurück zum Fall Karin Borghammer. Sie verlässt ihren Mann, den Handelsattaché von der deutschen Botschaft, Helmut Borghammer. Nachdem sie eine Affäre mit dem Berater Leon Numbong, dem jetzigen Präsidenten anfing. Wie sie in den Militärputsch

einzuordnen ist, bleibt für uns ein Rätsel. Auf die Gerüchte, dass sie mit mehreren Männern, auch aus der Militärführung, Verhältnisse hatte, gehen wir jetzt nicht ein. Bleiben wir bei der Tat. Schauen uns mal die Fotos von Robert an. Ist das richtig, Du hast die Fotos in Eile gemacht. Keine bewusste Einstellung oder?<<
Robert schüttelt den Kopf. >>Als wir im Schlafzimmer waren, kam von Euch der Befehl, sofort die Wohnung zu verlassen. Daher keine gezielte Motivaufnahme. Wir versuchten nur noch die beiden Personen auf Lebenszeichen zu untersuchen. Es waren keine mehr vorhanden, nur viel Blut.<< Thomas spricht Volker an. >>Wo warst Du in der Situation?<<
>> Auch im Schlafzimmer, aber mit Blick in die Wohnung zur Absicherung. Von meiner Seite war das eine Bluttat. Mein erster Eindruck war nicht der eines Mordes mit anschließendem Selbstmord, sondern die eines Rachemordes. Aber wie gesagt, keine logische Begründung dafür.<< Thomas Weil geht an die Monitorwand. Ein Bild vom Schlafzimmer mit den beiden Leichen erscheint. Es ist ein Totalaufnahme, die das gesamte Schlafzimmer vom Türrahmen aus

zeigt. Karin Borghammer liegt nackt auf dem Rücken, ein dunkelhäutiger Mann liegt quer bäuchlings über ihr. Auch er ist nackt. Ab der Hüfte sind beide blutverschmiert. Auch das Bettzeug weist starke Blutspuren auf. Auf der linken Seite des Mannes ist ein Einschussloch im Schädel zu sehen.
>>Die vermutliche Tatwaffe liegt seitlich neben Frau Borghammer. Die Pistole ist eine Beretta 92. Leider wissen wir nicht wie Frau Borghammer verstorben ist. Auf dem Foto sind keine Würgemale zu erkennen. Die große Blutlache kann auch von der männlichen Leiche sein oder auch von beiden stammen. Aber nochmals zu den beiden Leichen. Sie sind präpariert worden, dass erkennt man auch an ihrer Lage. Dass es ein Gewaltverbrechen war, entnehmen wir auch einem kleinen Hinweis, den wir unten am Nachtisch entdeckt haben. Ihr konntet leider nicht anders handel, durch den Notfallbefehl.<< Ein neues Foto erscheint. Es zeigt stark vergrößert zwei kleine Stoffpuppen die übereinander liegen und mit einer Nadel durchbohrt sind. >>Interessant bei dieser Entdeckung ist der Umstand, dass die Puppen

einmal männlich und weiblich sind, sowie, dass je eine Puppe schwarz und weiß ist. Somit gehen wir von einem Gewaltverbrechen aus. Aber wir sind raus. Den weiteren Ablauf übernimmt das Auswärtige Amt in Berlin. Aber eine Frage habe ich noch an Euch beiden, wie seid Ihr immer so gut durch die Straßensperren und Kontrollen gekommen?<< >> Mit Glück und viel Angst der Soldaten. Als wir den klarmachen konnten, dass wir Ärzte sind die gegen die Ebolaepidemie kämpfen, fielen die Kontrollen mehr wie zügig aus. Die Angst standen allen in den Gesichtern, egal ob einfacher Soldat oder Offizier.<<
Thomas Weil nickt ihnen zu und sagt; >>Ich danke Euch im Namen des Hauses, Robert und Volker für Euren Einsatz. Obwohl viel Geld verwandt wurde für wenig Erkenntnisse, so sind wir alle hier im Haus froh, Euch beide wieder gesund hierzuheben.<< Erhebt sich und zeigt so an, dass die die Besprechung beendet ist.
Die Männer verlassen den Konferenzraum. Robert schaut noch schnell in der Rechtsabteilung rein.
>>Jane, sehen wir uns heute Abend?<< Sie nickt ihm freudig zu. >>Dann habe ich eine Bitte.

Kannst Du Deinen Körper braun bepinseln, ich stehe nämlich jetzt auf bunte Damen.<<
Lachend verlässt er das Büro. So bekommt er nicht mit, dass eine dünne Akte hinter ihm gegen die Glastür knallt. Jane ruft ihm noch hinterher;
>>Warte mein Freund, wenn Du heute Abend zu mir kommst. Deinen Wunsch wirst Du noch verfluchen. Du weißt noch nicht, zu was ich noch alles fähig bin.

***

Atlantischer Ozean

Das Speedboot, eine San Lorenzo 82, jagt mit fast 18 Knoten den Flusslauf runter, aus einem Geheimversteck des Präsidenten im Urwald von Alenakiri kommend.
Das Boot ist 24 m lang, 6 m breit, mit vier Kabinen und fast 1300 PS.
Die Schrauben des Antriebs hinterlassen eine weiße Spur auf der grünen Wasseroberfläche. Durch die hohe Geschwindigkeit des Bootes erscheint der Urwald wie eine hohe grüne Wand, rechts und links des Schiffes. Es gleitet am Industriehafen Port a bois und Port d Ovendo vorbei auf die offene See zu.

An Bord befinden sich fünf Personen. Der Schiffsführer, zwei Leibwächter der neugegründeten Eliteeinheit „Skorpion",,. Präsident Leon Numbong und seine Sekretärin Nina Bongo. Alle Passagiere sind leicht bekleidet. Mit kurzen Hosen und T-Shirts.

Nina sitzt verängstigt im hinteren Teil des Bootes, ihr bekommt die Fahrt nicht. Das Boot schnellt aus dem Urwaldbereich, wo die Bäume bis ans Wasser reichen, in das Industriegebiet bis zum offenen Meer hin. So jagt das Boot durch die leichte Dünung, wo sich die Farbe des Wassers von grün hin zum tiefblau verändert und erreicht nach einer Stunde Fahrt seinen Zielpunkt.
Weit hinten in der Ferne kann man noch Libreville erkennen. Ein heller Fleck zwischen dem dunkelgrünen Horizont. Die Sonne scheint unbarmherzig auf das Schiff. Nur der frische Fahrtwind vom Meer bringt Kühlung. Im inneren der Kajüten laufen die Klimaanlagen auf Hochtouren.

Die Drehzahlen der Motoren werden runtergedrosselt. Das Schiff verlangsamt seine Fahrt, kommt zum Stillstand. Die Anker fallen. Der Bootsführer kommt mit einer Kühltasche an Deck und reicht allen ein Bier. Zufrieden lächeln stoßen die Männer an. Die Kühltasche bleibt am Deck.

Präsident Numbong ruft Nina zu; >>Geht es Dir jetzt besser? Du sollst doch das Spektakel genießen, was ich Dir versprochen habe. Los zieh Dir Deinen Bikini an und komm an Deck. Wir warten alle auf Dich.<<

Nina Bono, 38 Jahre vom Stamm der Bapunu. Nicht verheiratet. 160 cm groß. Früher einmal schlank, jetzt rundlich bis dick. Sie war mal eine Schönheit, aber die Zeit hat tiefe Spuren bei ihr hinterlassen. Seit Jahren Sekretärin bei Leon Numbong. Liebt ihn heimlich. Er sah sie nur als seine Sekretärin, nie als Frau.

Sie erscheint an Deck. Das Boot schlingert leicht. Unsicher bewegt sie sich die Reling entlang. Ihr Bikini sitzt mehr wie stramm. Überall quellen Fleischmassen aus dem Stoff. Die Männer stehen am Heck des Schiffes und diskutieren ob dies auch der richtige Platz für die Haie ist. Der Kapitän wettet um 100 Dollar, dass innerhalb von zehn Minuten die Haie auftauchen. Er geht in die Kombüse und erscheint mit zwei Eimern. Schüttet den stinkenden Eimer blutiger Fischreste ins Wasser und schaut auf die Uhr. Im zweiten Eimer sind große Fischstücke, um damit

dann die Haie zu füttern. Der Fischabfall verteilt sich im Wasser, sinkt langsam ab.
Schon nach wenigen Minuten zeigen sich die ersten Haie im Wasser. Sie umkreisen das Schiff bedächtig lauernd. Ihre Rückenflossen ziehen langsam majestätisch durchs Wasser. Verbreiten Faszination, aber auch Angst. Die beiden Leibwächter füttern die Haie mit den Fischleibern. Wie Raubtiere stürzen sich die blutrünstigen Fische auf ihre Beute. Das Meer vor dem Boot kocht.
>>Leon, ich möchte das nicht länger sehen, ich gehe nach unten. Kommst Du mit? << Lächelt ihn verführerisch an.
>>Bleib noch hier, das Beste kommt erst noch. Ich bin Dir doch ein Spektakel schuldig. Aber mal was anderes, warum hast Du mich verraten Nina?<<
Nina wird kreidebleich unter ihrer braunen Haut.
>>Verraten, ich, nie Leon, ich liebe Dich doch hast Du das nie gemerkt?<<
Leon nickt den beiden Skorpion-Leibwächtern zu. >>Nina, Nina, noch schlimmer. Seinen Arbeitgeber verraten, der einem seinen Lebensunterhalt verschafft, das allein ist schon

nicht gut. Seine Liebe verraten, noch schlimmer. Aber jetzt noch Lügen, das geht nicht. Du hättest Cedric nicht alles ins Telefon sprechen sollen, wusstest Du nicht, dass er alle Gespräche mitschneidet, so auch Deine? Aber noch mal, warum hast Du mich verraten Nina? Was soll ich jetzt mit Dir machen?<<
Sie starrt ihn entsetzt an. Bringt kein Wort über ihre Lippen. Steht nur wie versteinert neben ihm. >> Bei Georges wärest Du jetzt bei den Krokodilen gelandet. Keine Sorge, bei mir nicht. Ich kenne ja deine Angst vor den Viechern. Was schlägst Du also vor, was ich mit Dir machen soll Nina? << Stotternd vor Furcht bittet sie; >>Leon las mich gehen. Verlange von mir was Du willst, aber lasse mich gehen.<<
Bevor Nina die Worte ausgesprochen hat, fliegt sie schon über Bord. Ihr Schrei vermischt sich mit dem aufpeitschen des Meeres. Das Wasser kocht erneut.
>>Widerlich, einfach widerlich. Du wolltest gehen Nina, bitte es war Dein Wunsch. Nina nur bei mir landest Du bei den Haien.<<
Präsident Numbong dreht sich von der Reling weg und geht auf die Brücke. >>Wir können.<<

Die 1300 PS springen gurgelnd an und das schneeweiße Schiff jagt der Küste entgegen.

Auf dem Meer bleibt nur ein Stück Stoff vom Bikini übrig, was auf einer blutigen Lache schwimmt. Nach und nach verschwindet auch diese in den Weiten des Ozeans.

***

Epilog

>>Capitain Mulongoti, bitte kommen Sie in die Kommandantur, General Lualua erwartet Sie.<< Die Durchsage erschallt über das Kasernengelände. Hier auf dem Kasernengelände ist nach dem Einsatz in der Stadt noch keine Normalität eingekehrt. Es herrscht noch Alarmstufe „Orange„. Einige Einheiten sind noch an den Hauptstraßen verteilt wie die N1, N3, N5 und N6. Auch der Flughafen ist noch umstellt. Nur in Libreville ist man zu Alttag zurückgekehrt.
Capitain Mulongoti eilt über die Rasenfläche auf die Kommandantur zu. Lässt sich im Vorzimmer beim General melden und wartet, vorgelassen zu werden. Der Adjutant bittet ihn dann zum General. Die beiden Männer begrüßen sich militärisch.
>>Capitain, stehen Sie bequem, ich habe eine ungewöhnliche Aufgabe für Sie. Die Aktion ist streng Geheim. Fahren Sie mit Ihrem Fahrer zu meinem Jagdhaus und holen Sie dort meinem

Laptop. Die Aktion bleibt unter uns, da auf dem Gerät wichtige private Daten und Dateien sind. Sie haften mit Ihrem Leben, dass der Laptop hier gut in meine Hände kommt. Der Schlüssel für die Hütte händigt Ihnen Lieutenant-Colonel Edou aus.<<
Der General erhebt sich, grüßt kurz militärisch und sagt;>>Alles verstanden, dann abtreten. Capitain Mulongoti <<

*

Vor der Jagdhütte bremst der Jeep ab. Capitain Mulongoti springt sportlich aus dem Fahrzeug und geht auf das Haus zu.
Die Jagdhütte liegt versteckt in dem dicht bewaldeten Urwald, nur der Platz vor der großen Hütte ist frei gerodet. Der Weg hierher zum Jagdhaus, ist aus roter staubige Erde, die uneben ist und aus lauter Löcher zubestehen scheint.
Urwaldgeräusche, wie das Kreischen der Affen, hört er schon nicht mehr. Auch für die exotischen Pflanzen hat er keinen Blick.
Die Hütte ist ungewöhnlich groß mit einer

breiten Eingangsterrasse. Alles aus einheimischen Holz erbaut. Er steigt die drei Stufen zur Terrasse hoch und geht mit dem Schlüssel in der Hand auf die Tür zu. Alle Fenster sind mit Läden gesichert. Die Eingangstür ist mit einem neuen Sicherheitsschloss versehen.

Als er die Tür öffnet, schlägt ihm eine Welle von schwülheißer Luft entgegen. Den Raum, den er betritt, ist für eine Jagdhütte ungewöhnlich groß. Links hinter der Eingangstür schließt sich eine kleine Küchenzeile an. Von der tragenden Wand, in der Mitte der Hütte, die mit Tiertrophäen übersät ist, gehen drei Türen ab. Die Möbel im Raum sind aus landeseigenem Edelholz gefertigt und zum Teil mit schwarzen Leder überzogen. Er blickt sich suchend nach dem Laptop um. Auf einer der flachen Schränke entdeckt er den Grund seines Befehls. Nimmt den Laptop an sich und geht auf die drei Türen zu. Seine Neugierde treibt ihn in die Zimmer.

Hinter der ersten Tür befindet sich ein einfaches Bad mit Dusche. Die Luft ist auch hier schwülheiß und staubtrocken. Zwei

Waschbecken und ein kleiner Schrank, mehr ist im Bad nicht untergebracht. Sein Blick sucht nach etwas persönlichem. Keine Zahnbürste, kein Kamm, nur ein Stück Seife kann er entdecken. Enttäuscht verlässt er das Bad.

Daneben sieht er ein Schlafzimmer mit mehreren Einzelbetten. Einfache Metallbetten mit dünnen Matratzen, auf denen Decken liegen. Neben der Wand stehen sechs Metallschränke wie sie auch in der Kaserne vorhanden sind.
Auch hier ist die Luft staubtrocken. Er schließt die Tür und wendet sich der letzten Tür zu.

Nachdem er sie geöffnet hat bleibt er erstaunt im Türrahmen stehen. Ein merkwürdiger Geruch sticht ihm in die Nase. Ihm gegenüber ist die gesamte Fläche mit Bilderrahmen bedeckt. Bilderrahmen in unterschiedlicher Größe. Sogar neben dem großen Kamin, der seitlich rechts eingebaut ist hängen Bilderrahmen. Der Raum ist gut 20 qm groß, mit schweren Ledermöbeln versehen, aber ohne Schränke. Die Sitzmöbel sind so gestellt, das man die Bilderrahmen im Blick hat.

Links an der Wand sind verschiedene Gewehre und einige alte Pistolen aufgehängt, die durch das Fenster getrennt sind.

An der Wand hängen schwarze Rahmen, nur der einzige weiße Rahmen sticht sichtlich hervor. Genau das erweckt sein Interesse. Als er näher an die Wand tritt, erkennt er, dass in allen schwarzen Rahmen verschiedene Tattoos auf dunkler Haut zu sehen sind.
Die Wand verbreitet den Eindruck einer Trophäensammlung. Trophäen von Menschenhaut.
Jedes Tattoo schreit ihn förmlich an, um seine fruchtbare Geschichte zu erzählen.
Sein Blick geht wieder auf den weißen Rahmen zu. Hier ist ein besonderes Tattoo eingebettet. Das Tattoo erstrahlt grellrot auf weißer Haut. Im schneeweißen Holzrahmen unter dicken Glas, sticht ihm ein rotes Herz mit der Inschrift:
„ Isifebe„ ins Auge.

Minutenlang starrt er auf das Bild. Er spürt, das auch vom dem Tattoo, ein Fluch ausgeht. Hört die Schreie aus dem Rahmen.

Entsetzt weicht er von der Wand zurück, stolpert die Treppen runter und verlässt fluchtartig die Hütte.

Noch nach Wochen glaubt er in seinen Träumen, die Schreie aus dem Rahmen zu hören.

***

Weitere Romane des Autors:

In der Berlin-Trilogie;

Zum Buch:

Das erste Buch der Berlin-Trilogie handelt vom Leben in West-Berlin um 1975.
Ein Sittenbild der Zeit.
Der Roman erzählt die Geschichte des Fotografen Fabian Neu und seinen Freunden.
Ihr Leben, ihre Liebe und ihr Leiden.
Humoriges am Kurfürstendamm, Gurkenschießen im Wedding, so wie ein Saunabesuch mit älteren Damen.
Erotische Erlebnisse der drei Freunde, wie bei der Wohnungssuche, einem Polterabend und dem Fest.
Als Fabian tragisch seine große Liebe verliert, stürzt er sich in seiner Trauer in sexuelle Exzesse und Abhängigkeiten.
Ein großes Buch über das Leben.

***

Zum Buch:

Nach dem überwältigen Erfolg von

„ **DIE KUDAMM STORY**"

ist jetzt das zweite Buch der „Berlin-Trilogie" erschienen.

Diesmal wird der Fotograf Fabian Neu in geheimdienstliche Aktivitäten verwickelt. Als seine Freundin vergewaltigt und zusammengeschlagen wird, gipfelt es bis in einen Mord.

Erotische Erlebnisse in der Stadt der Liebe Paris, bis zum Wiedersehen mit Angela.

Lachen und Weinen, vom gefährlichen Stierlauf in Pamplona bis zum Freundschaftssaufen auf Ibiza. Sieht er Hanna auf Ibiza wieder?

***

Zum Buch:

Im dritten Teil der „Berlin Trilogie" beginnt Fabian den Sexwahnsinn mit Angela wieder.

Die Frau seines Chefs wird brutal entführt. Steckt der russische KGB dahinter?

Julius und der BND sind machtlos.

Dann tobt ein geheimer Krieg, in dem selbst die Stasi nicht sicher ist.

Fabian entschließt sich zu einer Suche in den unendlichen Weiten Russlands.

Kann die überhaupt gelingen, denn an jeder Straße, jedem Baum, wartet Tod und Verrat.

Kommt das Model Nana je wieder aus der Psychiatrie?

Und was wird mit Hannah?

***

Zum Buch:

In diesem Thriller kauft der Student Johannes Wiener, 1963 in Berlin zwölf Seelen von Kommilitonen. Geht dann als Kriegsfotograf in den Kongo. Lernt da seinen Partner Jean kennen und zieht mit ihm von einem Kriegsgebiet zum nächsten. Erst ihre schrecklichen Erlebnisse in den Folterkammern von Buenos Aires, unter der Junta des Militärs lässt sie gemeinsam eine neue Aufgabe suchen.

Bei der Beerdigung seiner Mutter findet Johannes auf dem Dachboden seines Elternhauses, die längst vergessenen Verträge. Macht sich auf, die gekauften Seelen an seine alten Besitzer zurückzugeben.

Was er dabei erlebt, lässt ihm das Blut gefrieren, erstaunen und am Verstand der Menschen zweifeln.

***

Zum Buch:

Eine Mordserie erschüttert Deutschland.

Äußerst brutal werden junge Frauen ermordet. Es gibt keine Verbindungen zwischen den Opfern. Von Berlin bis nach Frankfurt am Main ist die Kriminalpolizei machtlos. Keiner ahnt, dass dieses Unheil vor langer Zeit in Celle, Norddeutschland und vor Jahrhunderten in China seinen Ursprung hatte. Die Spur führt von Norddeutschland aus, über Indien, Nepal und Tibet bis nach China. Hier brach das Grauen neu aus und setzte sich bis nach Europa durch. Spielt ein Jahrhundert altes Schwert da eine Rolle? Erst eine gute Seele versucht das Böse zu stoppen. Gelingt es Ihr das Morden zu beenden?

Aber der Tod lässt sich nicht beeinflussen, schon gar nicht aufhalten.

Der Tod überrascht sie alle.

Ein ungewöhnlicher Psychothriller der Extraklasse.

***

SCHÖN TEUER TOD

Ich sehe Schönheit

Ich begehre Schönheit

Ich atme Schönheit

Ich bin Schönheit

Ich sterbe in Schönheit

Eduardo Esmi

ROMAN

Zum Buch:

Dies ist die Geschichte einer Hassliebe.

Beginnend mit einer tiefen Kränkung in der Schulzeit. Jeder bekämpft die andere Seite mit seinen Mitteln.

Hass, Vergeltung und Beleidigungen sind an der Tagesordnung.

Nur die Liebe lässt sie nicht ihre Wege gehen.

Das Wechselspiel von Hass und Liebe treibt sie auf den Abgrund zu.

Nach einem fürchterlichen Showdown kommen beide wieder zusammen, sowie sie es sich nie hätten vorstellen können.

Ein Roman von Liebe, Hass, Sex, Macht, Geld und Tod

***

Wenn die Sonne schwarz wird

Zum Buch:

Der Roman beschreibt die Ungerechtigkeiten an Peter Knaup.
Eine junge ehrgeizige Richterin verurteilte ihn.
Zu Unrecht.
Auch nach Jahren kann er diesen Schmach nicht vergessen.
Vergessen ist auch nicht sein alter Partner, der ihn betrogen hat.
Auch nicht seinen Anwalt, der den Betrug, erst möglich gemacht hatte.
Den Mörder seiner Frau bekommt er nicht aus seinen Gedanken.
Dann eine Nachricht die sein Leben grundlegend veränderte.
Jetzt ist der Zeitpunkt seiner Rache gekommen.
Eine Vergeltung die furchtbare Folgen hat.

***

Zum Buch:

Daniel Wagner, 23, Erbe der Wagner Chemie Werke, reist mit seiner Freundin Lisa nach Spanien. Nach einem Discobesuch in Benidorm wird Daniel niedergeschlagen und Lisa verschleppt.
Die Eltern schicken einen Einzelkämpfer um Lisa zu finden.

Ihre Spur führt sie über Gibraltar nach Marokko.

In einem Luxushotel in Fès entdecken sie Mohammed, der Lisa gekauft haben soll.

Als sie Lisa in dem kleinen Küstenort Mohammedia finden, wartet eine Überraschung auf die beiden.

Nach Monaten erhält Daniel eine merkwürdige SMS. Die verunsichert nicht nur Daniel, sondern auch das Auswärtige Amt in Berlin.

***

Zum Buch:

In der Welt herrscht der Cyberkrieg.. Die NBS spioniert nicht nur die Politik, sonder auch Wirtschaft und Forschung in Europa aus. Die Politiker ignorieren Gewalt und Verbrechen. Eine Handvoll mutiger Männer gründen eine Firma, die deutsche Interessen schützen soll. Im Inland wie im Ausland. Spezialisten aus den IT-Bereich bis zur schlagkräftigen Einsatztruppe besser als die GSG9. Die „Villa" wie sie bei der „Gruppe 27" heißt, ist Ausgangspunkt vom Terrorbekämpfung und totaler Cyberüberwachung.

Agent Robert Hartmann mit seinen Team erhält den Befehl auf einem geheimen Tarnkappen U-Boot, Jagd auf Seeräuber im Golf von Aden zu machen. Noch heikler ist der Befehl die entführte Lisa Bretzinger in afrikanischen Staat Gabun zu finden. Die Gruppe 27 muss alles riskieren, denn ein Verrat erwarte sie schon.

***

Zum Buch:

Enten werden auch zuerst am Arsch dick, oder Kurzgeschichten eines Auswanderer, der in einem kleinen Dorf in Spanien gelandet ist.
Geschichten um das Dorf bis hin zur gesamten Costa Blanca. Anekdoten über Menschen die an der spanischen Küste leben, leiden und lachen. Personen, wie Einheimische, Urlauber, Aussteiger und Residenten. Die meisten der Erzählungen sind wahr, andre sollten mit einem Augenzwinkern verstanden werden.
Geschichten; wie Rudi zu seinem Namen „Rotwein-Rudi" kam.
Ratschläge von „Schlüpfer-Sigi" sind zu lesen. Das man zu Lachen nicht mehr in den Keller geht, sondern zum Flughafen fährt.
Von Opa Harry, der noch heute vom zweiten Weltkrieg schwärmt. Wissen Sie wie man sich durch einen Doppelschuss das Leben nehmen kann?
Warum Heiliges Land nicht verkauft wird. Wer sein blaues Wunder und Wunderheilungen erleben will, der komme nach Spanien.

Eduardo Esmi

Das Buch „Blödsinn"

Zum Buch:

Das Buch Blödsinn ist nichts als Blödsinn.
Wenn sie glauben das dies eine wissenschaftliche Studie ist, dann sage ich, Blödsinn.

Sie finden keine Lebensweisheiten in dem Buch, sowie: Liebe ich heute noch richtig.

Reich, so werden Sie noch schneller Reich.

Es ist auch kein Gesundheitsratgeber:

Tausend Tipp um nicht zu Hinken.

Die Freude am Bettnässen.

All dieses werden Sie nicht finden, dafür aber Fragen die nicht beantwortet werden können.

Warum macht Blödsinn so ein Spass?

Kommt Humor ohne Blödsinn aus?

Erkenntnisse die einem Blöd vorkommen.

Nein, Blödsinn ist geschrieben worden, damit Sie Lachen, Schmunzel oder auch nur Freude haben.

***

Zum Buch:

Das kommt mir aber spanisch vor oder Kurzgeschichten aus Spanien, sind Novellen eines Auswanderers, der vor 30 Jahren in einem kleinen Dorf in Spanien gelandet ist.
Geschichten um das Dorf bis hin zur gesamten Costa Blanca. Anekdoten über Menschen die an der spanischen Küste leben, leiden und lachen. Personen, wie Einheimische, Urlauber, Aussteiger und Residenten.
Die meisten der Erzählungen sind wahr, andere sollten mit einem Augenzwinkern verstanden werden. Sie sollen den Leser neugierig auf Spanien und die herrliche Gegend der Costa Blanca machen.
Da, wo immer die Sonne scheint, aber nicht alles sonnig ist. Hier werden Kurzgeschichten aus einer Sicht beschrieben, die sich humorvoll und ein wenig satirisch mit dem mediterranen Lebensstil auseinander setzen.

***